会上错菜的料理店

THE RESTAURANT OF ORDER MISTAKES

〔日〕小国士朗 / 著　周丽玫　黄刀彦 / 译

海天出版社
HAITIAN PUBLISHING HOUSE

·深圳·

版权登记号　图字：19-2020-021号

CHUUMON WO MACHIGAERU RYOURITEN by Shiro Oguni
Copyright © Shiro Oguni 2017
All rights reserved.
Original Japanese edition published by ASA Publishing Co., Ltd., Tokyo.

This Simplified Chinese language edition is published by arrangement with
ASA Publishing Co., Ltd., Tokyo in care of Tuttle-Mori Agency, Inc., Tokyo
through Youbook Agency, Beijing.

Photographed by Mizuho Kudou (Prologue P.10), Mamoru Ichikawa (Prologue P.12), Yuki
Morishima by D-CORD (Prologue P.14, 17, 19, 20, 23 & Part 1 P. 114), Shiro Oguni (Part 2 P. 175)
Illustrated by Natsuki Suyama
Cover design by Tomoko Yoshimura (excluding the title logo)

图书在版编目（CIP）数据

会上错菜的料理店 /（日）小国士朗著；周丽玫，黄开彦译 . — 深圳：海天出版社，2020.10
ISBN 978-7-5507-2913-1

Ⅰ . ①会 … Ⅱ . ①小 … ②周 … ③黄 … Ⅲ . ①纪实文学 – 日本 – 现代 Ⅳ . ① I313.5

中国版本图书馆 CIP 数据核字（2020）第 083642 号

会上错菜的料理店
HUI SHANG CUO CAI DE LIAOLIDIAN

出 品 人	聂雄前
责任编辑	邱玉鑫　曾韬荔
营销编辑	吴一帆
责任技编	陈洁霞
责任校对	赖静怡
封面设计	度桥制本 Workshop
出版发行	海天出版社
地　　址	深圳市彩田南路海天综合大厦（518033）
网　　址	www.htph.com.cn
订购电话	0755-83460239（邮购、团购）
印　　刷	中华商务联合印刷（广东）有限公司
开　　本	787mm×1092mm　1/32
印　　张	7.25
字　　数	112 千
版　　次	2020 年 10 月第 1 版
印　　次	2020 年 10 月第 1 次印刷
定　　价	42.00 元

Prologue

序言

THE RESTAURANT OF ORDER MISTAKES

创办
"会上错菜的料理店"
的前期准备

● 享受"上错菜"的料理店

欢迎您来到"会上错菜的料理店"。

非常感谢您关注这家与众不同的料理店。

我是这家料理店的策划人小国士朗。

现在我想谈谈这家料理店。首先我想让您知道的，是这家店独一无二的"规定"。

"在这家店里，无论是谁，都无法预测自己所点的菜是否能如愿端上来。"

一听到这话，可能有人会火冒三丈，开什么玩笑，这样的店谁能受得了啊？

非也非也。这才是我们挂上"会上错菜的料理店"招牌的原因。

噢，还有一点也想让您知道。

"在这家店里，负责点餐的人，都是医学上的认知障碍症[1]患者。"

因为他们都有认知障碍症，可能会上错菜，所以谁也无法预知端上来的，是不是自己点的菜。

但是"接纳这样的错误，并且享受它"正是这家店建立的初衷。

我这样一说，可能有人会觉得困惑，甚至不安，真的可以这样做吗？哎呀，这样真的好吗？

确实如此，我也曾经有过这样的不安。

作为企划人的我，也曾经困惑过，因此非常理解这种不安的感受。

即便如此，我还是毅然策划了这个项目。

"很想看看会上错菜的料理店是什么样子啊。"这种内心的冲动喷涌而出，一发不可收。

---

[1] 即阿尔茨海默病，也就是俗称的"失智症""老年痴呆"。这种脑部病变会导致记忆力丧失，思考能力退化。

● 汉堡牛肉饼变饺子？

事情要从 2012 年说起。

我是个电视节目制作人，在对和田行男先生担任总经理的护理中心进行采访时，体验了这样的"错误"。和田先生被称为认知障碍症患者护理界的"异端"。

三十多年来，和田先生一直秉承着"帮助那些即使得了认知障碍症也想按自己的想法活到最后的人"的信念，并将之付诸实现，是一个先锋人物。

住在护理中心的人都是认知障碍症患者，但是购物、做饭、扫除、洗涤这些他们能做到的事情，在他们力所能及的范围内，全部由他们自己解决。

在拍摄的空当，护理中心的老爷爷、老奶奶时不时会做饭菜招待我们。这天的午餐一开始即让我感觉到异样。

吃饭前，听说当天的菜是汉堡牛肉饼。

可是摆在饭桌上的，怎么看都是饺子。

而且只有馅儿，没有皮。真的……没问题吗？嗯……？

我的脑海中出现许多问号，硬生生地把冲到喉咙口的"啊？今天的菜不是汉堡牛肉饼吗？"这句话咽了下去。

因为我觉得如果我说了这样的一句话，就这一句话，就足以把和田先生以及老爷爷、老奶奶们建立起来的这种"理所当然"的生活方式冲刷得无影无踪。

汉堡牛肉饼变成饺子，也还好，对吧。

谁也不觉得有问题。只要好吃，上错菜又何妨？

然而现实情况是："必须按章操作"的这种模式让认知障碍症患者一定要按照固定模式去做，方法死板，让护理一线陷入了困境。

而且我想可能正是这种思维模式，使得"僵化"和"封闭"成为既往护理模式的代名词。

我明明是为了采访想要改变这种困境，并为之日日奋斗的和田先生而来，却还在为"汉堡牛肉饼变成饺子"

这样不值一提的事情而纠结！我对自己的想法感到羞愧异常。

　　与此同时，突然，"会上错菜的料理店"这个词"啪"的一声闪现在我的脑海。

　　● **"上错菜了！哎呀，也行吧！"**

　　当时的我可能没意识到：这个念头缘于宫泽贤治[1]的《要求太多的餐馆》一书。

　　又或者是因为和田先生屡次和我说过的一件事。他说："我家附近有一家不错的烧烤店。那家店无论讲多少次都会上错菜，甚至结账时都会算错。下次我们一起去吧。"这件事情深深地印在我的脑海里。

　　无论哪种原因，这个名字取得好像一种文字游戏，

---

[1] 宫泽贤治（1896—1933），日本昭和早期的诗人、童话作家、农业指导家。《要求太多的餐馆》是其代表作之一。

是不是？

　　我被自己的这种念头弄得兴奋异常，真如老房子着火一般，扑都扑不灭。同时脑子里像放电影一样开始想象下面的场景：

　　在这间店里工作的人，都是认知障碍症患者。

　　面对来点单的店员，我点了汉堡牛肉饼，但是端出来的却是饺子。

　　这家餐厅从一开始已经声明"会上错菜"，所以我也不会生气，上错了也不觉得讨厌。

　　哎呀，很可能我挺期待端上来的是饺子，而不是与订单一样的汉堡牛肉饼呢。

　　场景想象到此结束。我的直觉是这件事情相当有趣。

　　当然并不是说认知障碍症的各种问题，可以在这间店里得到解决。但是接受这种错误，并且享受它，如果能以这样的一家店为契机，向大家宣传这种新型的价值理念，又会如何呢？念及此，我已经按捺不住，跃跃欲试了。

　　这种跃跃欲试的心情无法抑制，于是从 2016 年 11

月开始，我正式开始寻找能跟我一起完成这件事的伙伴。

抱着这个目的，找了一圈，短短两个多月的时间，已经搜罗了以和田先生为首的各行各业的顶尖人才，有设计和 PR 领域、数码通信以及众筹领域的专家，电视台记者和杂志社编辑，还有餐饮业的老板们。

转眼间，"'会上错菜的料理店'实行委员会"就筹备完毕，正式开工。

对我来说，前一个项目已经是五年前的事情了。这次的项目才不过半年时间就已经取得了很大进展。

● 反响出乎意料

在 2017 年 6 月 3 日—4 日这两天，我们借用了东京市内一间只能容纳十二个人的小小的餐厅，正式开始了"会上错菜的料理店"的试验性营业。

之所以说是"试验性"，是因为我们想看看这种构想的料理店是否能被人们所接受。

基于此，我们尽可能控制成本。主要资金来源于和田先生护理行业的伙伴们给我们的募捐。只制作了一些必要的广告牌、菜单等。负责点餐、送餐的认知障碍症患者，则是从和田先生的护理中心里选出的脾气好，并且有意愿来干活的六个人。

　　另外，我们也只招待实行委员会成员的朋友、熟人。本该是一个悄悄进行的项目，然而，却引起了意料之外的大反响。

　　6 月 3 日是"会上错菜的料理店"开张的第一天。

　　首先是铃木美穗小姐在脸书上的发布，让这件事情一举扩散。铃木小姐是实行委员会的成员之一，也是电视台的记者和主播。

　　无意中到访的医疗行业新闻记者市川先生，也对此事做了报道，并登载在日本最高级别的门户网站"雅虎！日本"上。转眼间，该报道即在全世界范围内被转发。

　　开业的第二天，受邀前来的客人中有一位工藤瑞穗女士。她是 NPO 机构 Soar 的法人代表。Soar 是专门介绍公益项目的媒体。她在推特上发布了如下的动态：

工藤瑞穗女士的推特动态截图

　　我来到一家试业中的"会上错菜的料理店"（^^），这家
店的员工都是认知障碍症患者。
　　纯哉对前来点餐的老奶奶说要汉堡牛肉饼。果不其然端上
来的是饺子。大笑。

　　该动态瞬间被转发扩散，并于当晚登上了"雅虎！
日本"热搜词汇（推特实时检索）排行榜首位。

一般来说，该首位总是被 NHK 的大河剧，或者诸如《前往世界的尽头 ItteQ！》这种日本电视台的高人气电视节目的相关词汇所占据。然而，那天，无人知晓的、谜一样的"会上错菜的料理店"这个词一直高居榜首。

不仅如此，从 6 月 5 日开始，连续几天，每天都会有大量的电视台、报纸、杂志社要求前来采访。

这个势头迅猛无比，最终中国、韩国、新加坡、英国、德国、法国、西班牙、挪威、波兰、美国等超过二十个国家的媒体发来邮件，希望能在自己的国家介绍"会上错菜的料理店"。

这真是意外中的意外。

我虽然在电视领域摸爬滚打了十几年，采访了很多人，也制作了很多电视节目，但是一旦轮到自己被采访，却很惊慌失措，这真是让人很难为情。

看着这些多到根本安排不过来的希望采访的邮件，我们不禁沉思：为什么大家会对"会上错菜的料理店"有那么大的兴趣呢？

让大家感到暖心的笑容

　　想着想着，豁然开朗。大概是因为这个，才引起了大家的兴趣吧：

　　前面提到过的医疗行业的新闻记者市川先生，在报道中使用了上面这张照片。

　　照片里的老奶奶是来给客人点餐的秀子奶奶。秀子奶奶是一位认知障碍症患者。

　　其时，秀子奶奶一脸疑惑：我是来这里干吗来了？她完全不记得自己是来给客人点餐的。

正在这时，客人说了一句：您不是来给我们点餐的吗？算是解了围。

于是，秀子奶奶说"对啊，可不是嘛"，就呵呵呵地笑起来。

受到秀子奶奶纯真无邪的笑容的感染，客人们也笑容满面。

这张照片记录了当时愉快的氛围和这个温暖的故事。

这才是"会上错菜的料理店"项目启动的初衷。

忘了。

搞错了。

但是没关系呀。

能够说出这句话或者能让对方讲出这句话，单凭这句话，已经能让现场氛围霎时变得轻松异常。可能就是这种轻松愉快的氛围，打动了世界上所有人的心。

● 实话说，现场一团乱。但是客人们都很开心

啊，有一件非常重要的事情还没说。

我们来看看在"会上错菜的料理店"里，到底发生了什么事吧。

这非常有跳跃性，也非常刺激。用音乐来形容的话，完全就是摇滚风。

比如说，给一个客人上两杯茶水已经是稀松平常的事了，沙拉配勺子、热咖啡配吸管的搭配也时不时出现。

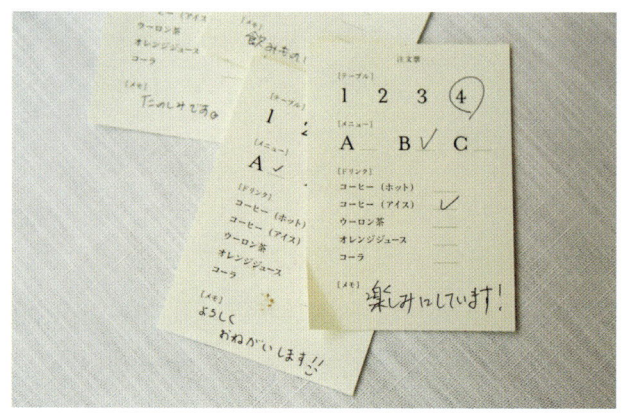

费尽心思准备的点餐单

为了让患者给客人点餐时，能尽量如实记录客人的需求，我们费尽心思做了下面这张点餐单。

套餐只有三种，是国内有名的三家企业专为我们这次活动开发的菜品。

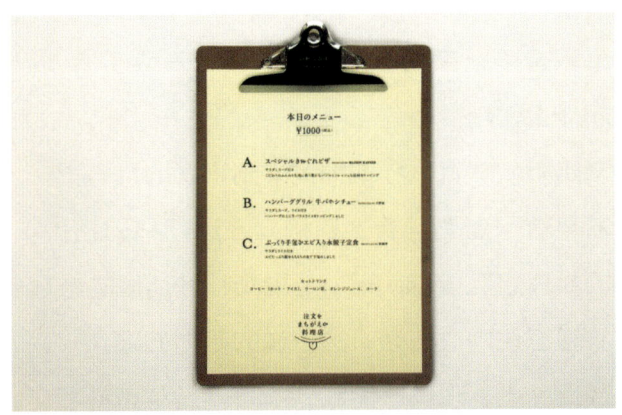

当日套餐（满篇都是文字提示！）

A.特制缤纷比萨

B.烤汉堡牛肉饼 炖牛肋

C.圆溜溜于工虾饺套餐

只要在点餐单上把所订餐的数量写上去即可。

老奶奶们不是都顺顺当当地把点餐单递给客人，并且让客人们自己填了吗？

"还有这一手呢。那应该是万无一失了。"

刚这样想，点了汉堡牛肉饼的客人眼前就上了一盘饺子。

每张桌子上都立着桌号牌，桌号一目了然，但好像并不起什么作用。

老奶奶们理直气壮地把菜端到错误的桌号上。

甚至有个老奶奶看到我们立在店门口的招牌"会上错菜的料理店"，还笑开了：上错菜！好离谱的料理店啊。

我强忍住内心的话：这个说的是你们耶。

说白一点，现场一团乱，简直就是荒唐料理店。

然而，客人们看着都是一副乐在其中的样子。

有的老奶奶明明是去给客人点餐的，却和客人眉飞色舞地谈起了过去的事情；有的老奶奶上错了菜，然而双方都毫不介意，没有人因此焦躁不安或发脾气。

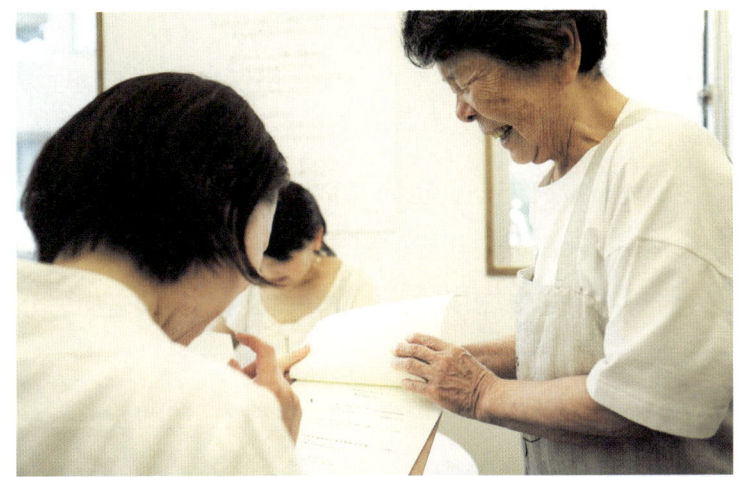

给客人看餐牌，并把点餐单递给客人

馅料十足的比萨

每张桌子前，大家都在交流。错误就这样轻易地得到解决。

另外，以防万一，也为了打消认知障症碍患者的疑虑和不安，和田先生给我们配备了七个优秀的管理人员。这七个人都是平时和来店里工作的患者们经常碰面、非常熟悉的人。

不仅如此，为我们提供场地的餐馆，还贴心地为我们准备了可以躺下休息的休息室。

总之做了万全的准备。在这两天的试营业期间为我们工作的认知障碍症患者，我们也准备了每人每天三千日元的谢礼。

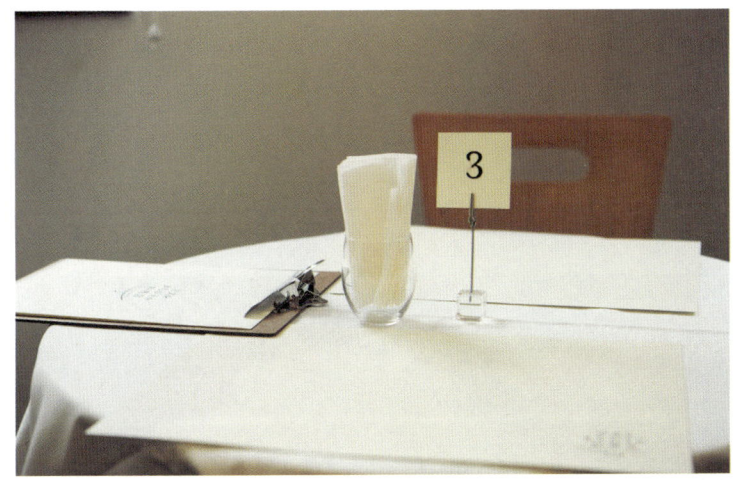

桌子上立着桌号牌

手打牛肉饼上铺着一层牛腩的大份炖肉

滑溜溜的饺子皮里包着好大个虾的饺子

● 一定会再来！

就这样，仅持续两天的试营业顺利地结束了。其反响超乎想象。

从客人们的问卷调查结果来看，大约有60%以上的客人的点餐环节出了差错。

但是没有人因此而生气或者觉得不愉快，90%的人认为还想再来一次。

挪威，这个社会福利事业走在前列的国家，也报道了"会上错菜的料理店"一事。其中，公共卫生协会还加上了如下评论：

日本的这种思路给了我们重要的提示。那就是：很多认知障碍症患者只要能被周围的人接受和理解，是能够融入普通的社会生活之中的。更重要的是，我们不要太过于负面地评价认知障碍症患者，他们中的多数人也可以用他们的方法为社会做贡献。

我们与认知障碍症患者交流时，如果肯多有一点耐心，多花一点时间来理解他们的话，我们应该也会有意想不到的收获。

每个认知障碍症患者都是独特的。我们要把他们当作独立的个体去理解他们。

挪威公共卫生协会

利斯贝特·鲁古格特

才不过两天时间，在东京一隅，静悄悄地开张的"会上错菜的料理店"，跨越立场、跨越年代、跨越国境，甚至跨越疾病，瞬时为许多人所知。

这间名字奇特的料理店，深深地留在了许多人的印象中，成为重要的一幕，并即将衍生新的篇章。我想给大家细细地讲讲它的故事。

欢迎您来到"会上错菜的料理店"。

欢迎您来到"会上错菜的料理店"

目录

第Ⅱ部

"会上错菜的料理店"的创办

"最难以忘怀的"竟然是稀松平常的普通生活？！

协助编写（第 I 部）：玉置见帆

插图：须山奈津希

照片：工藤瑞穗（序言第 10 页）

　　　市川卫（序言第 12 页）

　　　森岛夕贵（序言第 14，17，19，20，23 页，正文第 114 页）

　　　小国士朗（正文第 175 页）

※ 第 I 部中故事 1，3，4，5，7，8，9，是采访护理中心里那些在餐厅协助认知障碍症患者工作的员工后，在对访谈进行整理的基础上形成的。其中部分人名采用化名。

Part 1

第Ⅰ部

THE RESTAURANT OF ORDER MISTAKES

发生在
"会上错菜的料理店"
里的真实故事

故事❶

良子奶奶的故事

工作的快乐

——来自福利中心员工的讲述

"会上错菜的料理店"只有在上午十一点到下午三点这四个小时营业。

　　虽然和一般的餐厅相比，营业时间短，而且有我们这些护理中心的员工作为后援团在支援，但对认知障碍症患者来说，这绝不是一件轻松的工作。

　　虽然有个体差异，但认知障碍症的病情发展下去的话，患者会容易感到疲劳。

　　比如，如果我们被问道：

　　"一加一等于几？"

　　马上就能答出"等于二"。

　　但患了认知障碍症的人，虽然清楚自己"应该知道""二"这个答案，但就是不能马上回答出来，或者怎么想也想不出来。

　　正因为他们连这些该懂的都不懂了，所以即便那些通常不费力就能做到的事情，他们处理起来也要费尽全力。

　　所以更容易紧张，身心更加疲惫。

因此，在"会上错菜的料理店"里，为了不增加患者们的负担，我们采用了轮班制。不过，即使如此，也可以想象得到：患者们去到一个陌生的地方，在那里和不认识的人交流，很辛苦。

可令我们感到意外的是，良子奶奶一天工作四个小时，整整两天下来都没有休息过。

我们问她："不累吗？可以休息一下哦。"

结果反而被她批评："才干这点活儿就累了怎么行，我可是发型师啊，站着工作已经习惯了。"

良子奶奶是九州人，七十四岁。

很早以前就听她说过，她曾在九州的老家做过多年的发型师。为了磨炼手艺、紧跟潮流，她来到了京都和东京工作，是一个有行动力的独立女性。

良子奶奶骄傲地告诉我们：她过去在东京某个著名的婚礼会场为新娘们盘头发，一天可以完成好几单工作。

"对新娘来说这可是一生中唯一的一次啊。这份工作又紧张又辛苦，但我非常喜欢。看到大家因变美了而开心的样子，我很享受。"

良子奶奶一直带着这种骄傲和自豪在工作。

当我们听到"会上错菜的料理店"的企划案时，脑海中"啪"地闪现出来的就是良子奶奶的脸。

"会上错菜的料理店"开业当天，良子奶奶的工作状态让我们所有人都瞪大了眼睛。不愧是从事过服务行业的人，说话得体，待客也讲究，好像很娴熟的样子。

不过，这可不代表她不会出错。

比如弄错桌号，给一个客人上了两次茶，等等，这样的差错她出现了好几次。

只不过对良子奶奶来说，重要的并不是有没有出错，而是真的"能够工作"。

哪怕是被诊断出患了认知障碍症、离开工作岗位、搬到护理中心（集体之家 [1]）生活之后，良子奶奶的

---

[1]指患有认知障碍症或者由于疾病等无法独立生活的老年人，以5—9人为一个居住单位，在有专业护理人员进行护理的条件下，进行集体生活的小型福利中心。

心中也一直藏着"要工作"的念头。

因为良子奶奶过去每天都在工作的紧张和充实中度过，对于这样的她来说，无法继续做着给客人带来满足的工作，这大概让她心里感到很憋屈吧。

可在"会上错菜的料理店"里工作后，良子奶奶心里这个"我还能行哦"的念头，似乎得到了满足。

人在获得自我满足的同时，对别人也会变得宽容起来。

似乎在"会上错菜的料理店"里工作的这段经历，让良子奶奶感到"我还是有用的"，她的内心也因此变得从容起来。

不过，其实良子奶奶也发生了一些让我们有点吃惊的变化。

虽说她患了认知障碍症，但病情发展没那么快，头脑还比较清醒，所以在这之前，有时她会自己一个人去图书馆借书。

话虽如此，其实也不是她一个人去啦。

"良子奶奶出去了吗？"

"她刚走。那这里的工作就拜托你们了。"

"好的。你去吧。"

没错。她出门的时候，一定会有一个工作人员悄悄地跟着。

不过，这事儿良子奶奶自己可不知道。

而且，她出门之前总会提前告诉我们，所以我们一直都不担心她会一个人乱跑、找不到她。

但是，在结束"会上错菜的料理店"里的工作后，有一天，我们大家紧张地小声讨论良子奶奶：

"哎，良子奶奶没说要出去吗？"

"她说过要出去吗？"

"没有哦！"

关于外出的事情我们没听到一点儿风声。

而且，我们还发现，良子奶奶在这个时间出门，好像比她平时出门的时间早了一点。

可这个突然从大门口消失的背影，确实是良子奶奶

没错啦。她从来没有不打招呼就出去的情况，我们这些工作人员对她也十分放心。所以，正因为这下良子奶奶是无人看守的状态，大家都慌乱了起来。

"有没有人有空？"

"我去吧。这里就拜托你们了。"

我把剩下的工作交给了其他人，慌慌张张地追了出去。

因为是老人家，走得不快。还好她没有走得太远，我很快就追上了。

我站在离她有段距离的地方，偷偷地观察，她走进了附近一家便利店，好像在买东西。

"有那么着急要买的东西吗？"

我观察了一会儿，原来买的是她最爱的点心和杂志。

良子奶奶面向收银台，小心地拿出了一个信封，从里面取了一些钱，放在收银台的托盘上。

（咦，难道是前几天的谢礼？）

原来，良子奶奶攥着在餐厅工作得到的谢礼，来到这家便利店。

　　大概她心里还隐隐约约地记得，手里攥着的钱，是自己通过久违的工作挣来的。

　　拿着自己挣的钱，吃的也好，想看的也好，无论什么都可以随便买。对于良子奶奶来说，能实现这些事情是非常重要的吧。

　　我远远地站着，望着良子奶奶的身影。我的胸口莫名地像被堵住了一般，说不出话来。

　　我觉得，良子奶奶买东西的身影，就像在进行着一场确认"自我"存在的仪式一样。

故事❷

三川夫妇的故事之一

料理店里的
夫妻演奏会

——来自三川一夫先生的讲述

"这里就是那天的场地。"

在"会上错菜的料理店"开业之前，我们夫妇二人被带到这家只营业两天的餐厅。

一台钢琴静静地摆放在那里。它极大地改变了我们的生活。

妻子出现早老性认知障碍症[1]的症状，是六年前的事情。妻子比我小七岁，那时候才五十六岁。

那时，我在一间学校担任数学老师。一天，有一个同事退休，又正值圣诞节，所以学校在食堂开联欢会。

"三川先生，在联欢会上能请您和太太演奏一曲吗？"

"当然。荣幸之极。"

我喜欢大提琴，从大学时代开始学，已经快要五十年了。

而妻子从小学钢琴，一直在家做钢琴培训。我们两

---

[1] 即认知障碍症的早期症状。

个人自己在家开小型演奏会也开了三四十回了，可以说已经很习惯在公开场合演奏。

在联欢会上演奏的曲目为《爱之呓语》。练习的时候非常顺利，实际演出那天也很顺利地完成。

一曲终了，大家鼓掌。有人说："再来一曲吧！"

于是我说："这么难得的机会，我们再弹一曲吧。我们之前总弹的那首《梦醒之后》怎么样？"

"好啊。就弹这个吧。"

因为事出突然，所以我们选了一首我们俩经常弹也比较熟悉的曲子。但是演奏开始之后，妻子几度出错。

"怎么啦？不舒服吗？"

我心里疑惑，却也没有深究。

现在想起来，如果那时候多留意一下就好了。那时候，妻子已经慢慢不认识乐谱了。

妻子很快也意识到了自己的异常。

总陪在身边的女儿也明显感觉到妈妈的异样。

察觉到异常的妻子虽然很快就去了医院，但是医生说：“好像并没什么啊。”于是，我们又回来了。

等到无论如何都觉得不正常，而再度去看医生的时候，已经是两年后的事情了。

"这是认知障碍症啊。两年的时间，应该发展很快啊。"

被医生这样一说，妻子大怒，跟我说这件事：

"什么鬼嘛。为什么两年前没有说！"

妻子被这个结果乱了阵脚，惶惑不安，也非常生气。

妻子脑部左边的顶叶脑萎缩，受此影响，认识事物形状的能力急剧下降。

认识事物形状以及空间变得很艰难。

比如说，在一个并排放着几辆自行车的地方，要从中找到一个较宽的缝隙，停入自己的自行车这种事情，妻子已经无法做到。

把鞋放入鞋柜，或在指定的地方盖上印章也变得困难重重。

弹钢琴也变得不那么容易。

因为已经不能辨别相同颜色、相同形状、排列在一起的键盘了。

她不知道"DO"音的键在哪里。好在耳朵还能辨音，就通过按键盘来辨认音色，也能弹出曲子来。

知道妻子的状况之后，我马上和相识的脑神经外科医生商量，对方给我们介绍了一位这个领域的专家。专家为人很好，很细心地为我们诊断，因此我们也安心地在他那里接受治疗。

然而，在随之而来的一次诊断之后——

"进展很快啊。"

当着妻子的面，专家说了一句这样的话。

因为这句话，妻子受到相当大的打击，自那日起，便开始闷闷不乐。

妻子本来是个开朗明快、元气满满的人，自结婚以来，我还没见过她情绪如此低落呢。

而且，对于妻子的这种变化，我也束手无策，不知如何是好。

我想：这样下去可不行啊！

加上之前看病的医院离家比较远，所以我让妻子转到离家较近的医院来。

虽然只是一点小小的改变，但多少让妻子情绪稳定了一些。

在我们稍感安心之际，早老性认知障碍症协会"小旅会"[1]发来邀请。

"如果可以的话，您太太愿意出来工作吗？"

听到这话，我感到很吃惊："我妻子还能工作吗？"

妻子已经处在认知障碍的状态，即便在日常生活中，做不了的事情也越来越多。这种状态下的妻子还能工作吗？

"没问题。我这里是护理中心。里面有很多与您太

---

[1]"小旅会"是特定非营利性活动机构，会举办以东京中野区、杉井区及其他周边区为中心的早老性认知障碍症患者本人以及家人们的交流会。

太一样的认知障碍症患者。这里的护理人员非常了解认知障碍症患者的行为，处理起来也很有经验。"

这家护理中心（集体之家）在离我家骑自行车20分钟的地方，而且非常好找，几乎可以直线到达。

妻子除了教钢琴以外，既没正式工作过，也没有过兼职经历。

"或许这是个好的机会呢。"我这样想着，就答应了对方的邀请。

就这样，每天上午十点到下午两点，中午休息一个小时，妻子开始了一天三个小时的工作。

妻子的工作主要是扫除、在院子里浇水、开关碎纸机、清洁等。

这件事情对于妻子来说，似乎是意想不到的快乐的事。

我心想：最近开朗了很多啊。

我也非常高兴。

然而，一天，妻子的工作场所打来了电话。

"今天，三川太太出现过度呼吸的症状[1]……"

听到这个，我赶紧结束手头的工作赶过去。

妻子已经平静下来，但看上去情绪非常低落。

"因为那些男人完全不帮手准备午饭啊，也不说谢谢，也不收拾。我家可没有这样的人，对吧。我就很生气，然后突然就觉得难受了。"

自那天起，妻子一旦情绪激动或者无所适从的时候，就会出现过度呼吸的症状。

工作也无法顺利进行，后面就改成只在上午去工作。

而后，精神状态也变得极为不稳定。

就在这个时候，妻子工作场所的经理跟我们说了"会上错菜的料理店"的事。

"我们会请认知障碍症患者在大堂工作。理念是出

---

[1] 又称为过度呼吸症候群，是急性焦虑引起的生理、心理反应，发作的时候患者会感到心跳加速、心悸、出汗，因为感觉不到呼吸而加快呼吸，导致体内二氧化碳不断被排出而浓度过低，引起次发性的呼吸性碱中毒等。

了错也没关系。三川太太要不要来试试？"

听了经理这番话，妻子说："可以啊。"但是，一旦动起真格来，她就开始害怕了。

"要是把碗摔碎了怎么办？"

"已经说了不要介意啦。摔碎了也没关系。"

"但是可能会给别人添麻烦啊。再说，我从前也没有做过服务员呢。"

"我会和你在一起的，所以不用担心。"

尽管多方开解，但妻子的担心好像无穷无尽。

就在妻子满脑子都是不安的念头的时候，我们被带到了"会上错菜的料理店"——那家小小的餐厅。

看到放在那里的钢琴，我心潮起伏。

回到家里，我向妻子提议：

"餐厅那里有一台钢琴呢，对吧？不想在那里弹钢琴吗？"

妻子的眼睛一下子亮了起来：

"如果可以的话，那我就太开心了。"

"能否让我们在餐厅里弹钢琴呢？"

在和护理中心的员工商量的时候，他们的回答让我们觉得惊喜。

"真的可以吗？实际上，我们也在想要不要请三川太太在那里弹钢琴呢。"

护理中心的员工马上和"会上错菜的料理店"实行委员会联系，很顺利地把这件事确定下来。

真正的演出是在三天之后。

两个人马上开始刻苦地练习。

妻子即便患了认知障碍症，也没有断过弹钢琴。

弹钢琴在很长一段时间内都是我们日常生活的一部分，这个爱好一直坚持没变。

虽然有时候会出错，也会有中途停顿的时候，但我会指导她。总之弹钢琴的习惯是坚持下来了。

实际上，上一年我们在刚听说"会上错菜的料理店"的时候，已经在"小旅会"的交流会上演奏过曲子。

虽然曲子只弹到一半，但是足以让许久未有机会在人前弹钢琴的妻子高兴异常。

那时候我就想：要是还有这样的机会就好了。

试营业的前一天，我们再次来到餐厅，去练习弹钢琴。

妻子敲着键盘，我开始拉大提琴。室内响起了悠扬的音乐。

"音色很好啊。"

"对啊。很好弹。"

"应该挺好弹的。"

"我们俩加油吧。"

就这样，我们夫妇俩满怀着期待与不安，迎来了"会上错菜的料理店"的开业。

（后续故事请参看第 77 页）

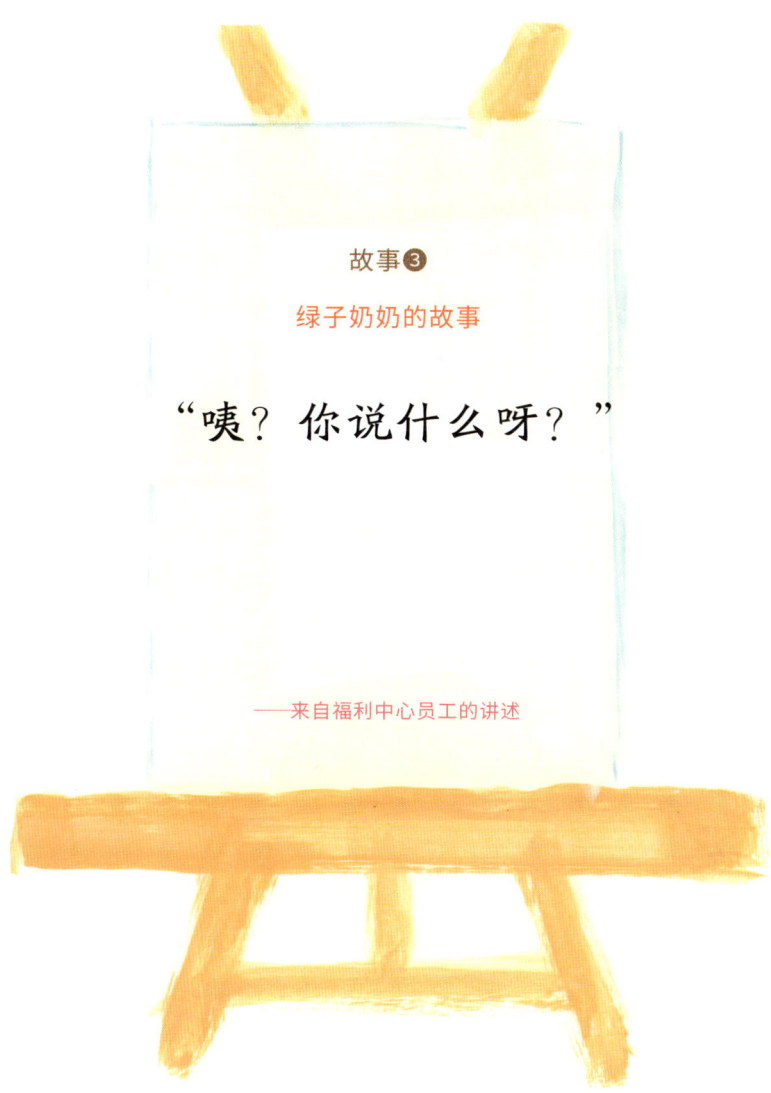

故事❸

绿子奶奶的故事

"咦？你说什么呀？"

——来自福利中心员工的讲述

八十一岁的绿子奶奶，结婚之前一直在一流的大公司里担任秘书。

人很漂亮，举止高雅，充满朝气，善于交际，性格开朗，绿子奶奶刚搬来护理中心（集体之家）的时候，我们这些工作人员甚至不觉得她像患了病的样子。

现在，她的病情也发展得很快，有时连前一天的事情都记不住了，但在病情加剧之前，绿子奶奶反复说：

"我还想再工作一次啊。"

这句话，她说了好多次，我们都知道。

绿子奶奶的家人也曾告诉我们，绿子奶奶本来是一个活泼好动的人，在她生病之前，哪怕上了年纪，也经常自己一个人开车去兜风。

她是一个找到自己喜欢的事就去干的人。

我对她的印象也是如此。

所以，在听到"会上错菜的料理店"的企划案时，我马上想到了她。只是我也清楚，从她的身体情况和病情来考虑，估计无法长时间工作。

可就算是这样，我们还是想为她提供一次工作的机会，因为她"还想再工作一次"啊。

"会上错菜的料理店"开始营业后，起初的一个小时里，绿子奶奶看上去工作得很愉快，可是后来就不行了，回到休息室里，盖着被子躺着，筋疲力尽的样子。

不光是身体不行了，连情绪也似乎变得非常低落。

"绿子奶奶，您辛苦了啊。要不今天就到这儿了，回去吧。"

听到我们这样问，绿子奶奶点了点头，比其他人早一步先回去了。

结束第一天的营业后，我们也在傍晚时回到了护理中心（集体之家）。

一回来，就在二楼阳台看到了绿子奶奶的身影。

她就是这样，只要稍作休息，就能完全恢复过来。这正是绿子奶奶厉害的地方。

那个时候的她也是如此，看起来精神不错，正在收衣服。

我站在楼下，仰着头叫她："绿子奶奶。"

她看到我，笑容满面地冲着我来回挥手。

我也挥着手，对她说："绿子奶奶，今天谢谢您！"

绿子奶奶依然带着满脸的笑容，问我：

"咦？你说什么呀？"

看来，对于在"会上错菜的料理店"里工作这件事，就在工作的当天，她便已经忘得一干二净了。

不过，忘了就忘了吧。

我们和绿子奶奶平时就是这样相处的呀。

但是，我一直觉得，那个时候，绿子奶奶满面的笑容，很暖心。

其实，那天看到绿子奶奶在餐厅里忙碌的样子，以及累倒了的样子，我们这些工作人员心里很后悔：这份工作，对于绿子奶奶来说，是不是负担太重了。

"会上错菜的料理店"是一间能够包容出错的幸福的餐厅。

但同时，这也是一间收费的餐厅，既然是工作，就不是任何病症的患者都能被顾客包容，这点是实实在在的。

所以我们一直担心，这次的工作，对于绿子奶奶来说，是不是太难了。

然而，绿子奶奶的笑容，将我们心里的疑虑一扫而光。

虽然她已经完全忘记了，但她的笑容是真心的。

我感到，这笑容里，包含了所有的答案。

故事❹

秀子奶奶的故事

忘了呢

——来自福利中心员工的讲述

八十二岁的秀子奶奶被诊断为认知障碍症，已经七八年了。

她平时与家人住在一起，会定期去护理中心或者在护理中心短期留宿，"享受"住宿待遇。

秀子奶奶出生在佐渡，据说以前是教绘画书信[1]的老师。

我到现在还记得很清楚，秀子奶奶最初来到护理中心的时候，碰到同伴们，总会说：

"哎呀，这条线画得不对啊。"

或者"你要这样画"等，以一副十足老师范儿的腔调，来教大家怎么写绘画书信。

明明秀子奶奶平常看起来慈祥和蔼、可亲可近，可是一旦进入教师角色，一下就变得风风火火，让人觉得既有趣，又很佩服。

---

[1] 就是在书信上面画上画，再把自己最想传达的心意寄给对方。画在信上的画不讲究技巧，重拙朴、天然、真情流露。

大约是秀子奶奶被人称为老师的缘故吧，她非常会照顾人，手很灵巧，做家务也是一把好手。

　　在我们的护理中心，患者会和我们一起准备午饭。这时候，秀子奶奶的表现就让人非常放心。

　　然而，可能正因为秀子奶奶本身比别人能干，所以会觉得自己的负担比别人重，有时候就会到处抱怨：

　　"为什么只有我一直在干活？"

　　"你们也要多干活儿啊。"

　　"瞧那个人，什么也不干！"

　　虽然大部分时候她都是走温馨和蔼路线的老太太，但是时而严厉，时而烦躁，给我们展示了一个多面的她。

　　这次，来到餐厅，秀子奶奶工作起来严谨利落，让我们大感意外。

　　说是严谨利落，也不是说不会出错，是即使错也错得严谨利落。

　　然而，让我们非常感动的是，秀子奶奶那天真的是容光焕发。

我们从来没见过这么一脸从容而又快乐无比的秀子奶奶。

整张脸舒展开来，真是可爱之极。

我想，这样的秀子奶奶应该是打心底里喜欢餐厅的工作，并且感受到了工作的充实感吧。

秀子奶奶很努力地完成了第一天的工作。归来途中，她看起来一脸疲惫，也不开口说话，筋疲力尽地靠在车椅背上。

这时，我看见秀子奶奶打开上衣前襟，将拿到的三千日元谢礼小心翼翼地放入裙腰处。

"这个啊，给您女儿看看，好不好呢。"

秀子奶奶轻轻点点头，说："好哦。"

这个谢礼最终不知道去哪儿了，去向成谜。

问过秀子奶奶的女儿这件事，对方却表示从秀子奶奶那儿从来没听说过这件事。

即便现在再问秀子奶奶，她也不记得了吧。

实际上，秀子奶奶的认知障碍症已经很严重了。

"会上错菜的料理店"的事情，到第二天，她还能勉强想起来。到第三天，记忆已经模糊不清。事到如今，怕是一点印象也没有了。

　　关于谢礼的记忆，估计也只持续到了第二天。

　　正因为那天还记得，所以回到家之后，可能小心翼翼地收藏在某个地方。

　　这是久违了的自己工作挣来的钱。可能把它当宝贝了。

　　现在秀子奶奶已经忘了自己还收着宝贝这件事了，也忘记自己是因为什么而得到的这个宝贝。

　　但是，当时的秀子奶奶一定满心快乐。

　　这是毋庸置疑的。

　　我认为虽然秀子奶奶已经忘记了这件事，但这件事绝不是毫无意义的。

　　秀子奶奶享受着工作，享受着与人交往的快乐，过了一段非常充实的时间。

　　哪怕这个经验并未能成为秀子奶奶记忆宝库中的一

个片段，但是毫无疑问，在餐厅工作的这段时间，秀子奶奶是幸福的。

好想再看到秀子奶奶容光焕发的脸。

"我们能做点儿什么呢？"

今后，为了能再看到不一样的秀子奶奶，看到她各种各样的表情，我们会继续认真地思考这个问题。

故事 **5**

惠美子奶奶的故事

您饿了吧

——来自福利中心员工的讲述

惠美子奶奶八十岁了。

她的服务意识很强，和客人打招呼时笑眯眯的。有惠美子奶奶的地方，总是会响起欢声笑语。

她喜欢和人交往，总想着为别人做点什么。

因为这样的性格，所以，在客人面前，惠美子奶奶有时会聊到停不下来。她很容易亲近，也很容易和客人相谈甚欢，所以在"会上错菜的料理店"里一下子成了红人。

我们好几次听到客人对她说："请和我们一起拍张照吧！"惠美子奶奶若是状态好的话，会答应客人的要求，笑眯眯地和客人合影。

这个场面看上去真的很愉快，充满了活力。

可是那天，我们发现，开始工作后不久，惠美子奶奶的笑容不见了，变得焦躁起来。

"哎呀，惠美子奶奶，您是不是饿了？"

"嗯，好饿啊……"

"糟了！"

这是我们工作人员的失误。

无论是谁，饿着肚子都不舒服。

肚子饿的时候，婴儿会大哭，正常的成年人也会感到焦躁。

只是，通常情况下，理性会告诉我们：

"肚子好饿啊，不过先忍一忍吧。"

可是，患了认知障碍症以后，这种理性的作用减退了。

此外，太热太冷，或者发生一点令人不愉快的事情，就会突然变得焦躁不安、情绪低落、不高兴，等等，这样的情况在患者的身上往往直接表现出来。

"会上错菜的料理店"开业当天，我们这些工作人员一早起来就忙得不可开交。

餐厅的营业时间是事先定好的。

所以我们都急着出发：

"不快点走就来不及了！"

可是，在路上偏偏遇上了严重的拥堵……

那时候，我们的脑海中只有这几句话在打转：

"糟了。来不及了！"

"要迟到了！"

我们也担心过：

"如果不吃点东西的话，可能坚持不住。"

但是，没有时间准备点心或者快餐，只能把这些事情放到后面再考虑。

一到餐厅，大家忙着做准备，努力给患者们解释到底来这里做什么，根本没有时间吃东西。

所以我们是在迫不得已的情况下，把饿着肚子、没有做好充分准备的惠美子奶奶送去大堂里工作的。

"惠美子奶奶，我们休息一下吧。"

当我们叫她时，她已经到了最不耐烦、最不高兴的时候了。我们让她回到休息室，等了一会儿，给她送来了比萨。

一端上来，惠美子奶奶就啧啧啧地吃开了，简直没有吃相可言。

她毫不犹豫地伸出手抓起比萨，像和什么在战斗似的，一下子吃得精光。

吃饱了以后，那个笑眯眯的惠美子奶奶又回来了。

不过，那个时候，"会上错菜的料理店"也到了营业结束的时间。

我们当时如果再多留意一下的话，惠美子奶奶肯定可以用她的笑容，迎接更多更多的客人。

这件事成了我们心里的遗憾。

在惠美子奶奶结束餐厅工作后的第二天，我们对她说：

"惠美子奶奶，昨天很开心吧。您可是大受欢迎哦！"

可是她听到以后，愣住了。

（啊啊，是不是已经忘记了？对哦，对哦。）

如果一直接触认知障碍症患者的话，就知道这是再普通不过的场景之一。我们已经没办法跟惠美子奶奶求证了，不知道她当时是不是还想再多工作一会儿，今后是不是还想再尝试一次呢？

这真的有点遗憾。

可是，我一直记得那天惠美子奶奶的样子。

您真的很开心，对不对？

和大家一起一直在欢笑。

这太棒了，是不是？

下次我们吃饱了以后再工作哦。

故事❻

慈小姐和直小姐——客人的故事

噢！干得真漂亮

——来自内田慈小姐（艺人）的讲述

"去不去'会上错菜的料理店'啊？"

好朋友小直向我发出邀请的时候，喜欢宫泽贤治的我，马上就回应她：

"是模仿宫泽贤治'要求太多的餐馆'名字的那个策划吗？听起来很有趣噢！"

然后，详情什么都没问，我就爽快地答应下来了。

这家餐厅好像是她认识的一个电视节目制作人策划的，据说限期开业，非常棒。

到底是什么样的餐厅呢。我心里充满好奇，稍微查了一下，但是信息有限，转念一想：啊，不知道也是一种乐趣啊。

这么想着，满怀期待地等待着这一天的到来。

在"会上错菜的料理店"开业当天，我和小直在车站会合。到餐厅要走将近十分钟。我们像往常一样，聊着天就到了。我和小直认识快二十年，每次见面都有说不完的话。

餐厅的外墙是白色的，很时尚。写着"会上错菜的料理店"的招牌上，"错"[1]字是横着写的，非常可爱。看见这个招牌，我的心情就越发激动起来。

一踏进店门，马上就有人走过来热情地招呼我们："欢迎光临！"店里很洁净，气氛很轻松，待在里面让人感觉到一种不可思议的放松。

（可能是这里的员工一个个都笑容满面的缘故吧。）

就在这时，突然有一个人上前亲切地和我们俩打招呼：

"欢迎光临。您二位是最早光临的客人。"

"啊，是小国先生啊。恭喜您。"

小直把我介绍给小国先生，并把带来的手信递给小国先生。

我们被带到钢琴旁边的桌子前，满怀期待地坐了下来。

给我们端茶倒水、点餐的员工，好像大多已届高龄。

---

[1] 招牌是日语的。原文是"招牌中的'る'打横写"。

（可能因为是个区域性的策划，所以这些都是这附近的志愿者吧。）

这些看起来和蔼又可亲的老人家，轮番和我们搭话，或者冲我们微笑，我们也很自然地报以笑容。

看着他们殷勤地给我们端茶倒水，我想起了我的妈妈。他们之间互相说话的情景看起来也非常温馨。此情此景，我想：这里的每一个人都相互体贴和照料，所以这里给人特别温馨的感觉。

很快，我们点的食物就端上来了。

先端上来的，是小直点的虾饺，看起来弹性十足，美味可口。

（嗯，我点的比萨一定也特别好吃。）

我对即将端上来的比萨充满了期待。然而，端上来的却是汉堡牛肉饼。

我不自觉地提高了音量："咦？"

端菜上来的老奶奶也说了一句："咦？"

小直也觉得奇怪："咦？"

周围的员工都说："咦？"

大家面面相觑，然后不约而同地放声大笑。

其间有一个声音说："汉堡牛肉饼是那一桌的呢。"

帮我端菜的老奶奶恍然大悟的样子，说："是这样啊。"

在祥和平静的氛围中，汉堡牛肉饼被正确地送到客人桌子上。

很快，我点的比萨也送到了。

我笑着，一边享受美味的比萨，一边对店员说：

"哈哈，你们真的会上错菜啊。"

我心想：到底这个理念还会在什么地方得到体现呢。越过小直的肩膀，我的视线停留在一块画板上。画板装饰在店里的墙上，上面写着：

在大堂工作的员工，

全都是认知障碍症患者。

他们有时候可能会弄错点餐单，请您谅解。

啊，原来是这样啊。

这时，我才知道，给我们点餐的、端菜的老人家，全都是认知障碍症患者。

"这个策划真是超级棒。"

"对。干得漂亮！"

（后续故事请参看第 98 页）

故事

休息室里发生的故事

回来后，
大家都笑眯眯的

——来自福利中心员工的讲述

"会上错菜的料理店"开业的当天早上，那些将要在大堂里工作的患者，一到餐厅就问我们：

　　"这是什么地方？"

　　"今天要干什么来着？"

　　我们当然早早就问过他们："要不要来工作啊？"可是，眼前这个场面还是有些混乱。

　　第一天是轮班制，请了六位患者过来。

　　休息室设在餐厅的二楼。

　　虽然这里也是等候轮换的地方，但考虑到患者们工作累了的时候需要一个能躺下来休息的地方，所以让实行委员会的工作人员也准备了被子等物品。

　　在休息室里等候轮换的患者们，渐渐开始放松下来。

　　于是，甚至有人又弄不清楚了："我们今天来这里干什么来着？"

　　所以，当快要轮换的时候，我们这些工作人员要先给患者们打打气。

　　"注意哦，马上要换班了。"

"要干什么啊？"

"到大堂里工作啊。帮客人点餐、上菜。"

"这些事我能行吗？"

"没问题，没问题。试试看嘛。"

"马上要上场了！"

"听说来了很多客人！"

总之，想尽各种办法帮助患者们预热，激发他们的干劲。

可一到轮换时间，那些从大堂里回来的患者却说：

"我用不着休息！"

然后又回大堂里去了。

（咦？不是要轮换的吗？）

（我们可是费了好大的劲儿，才让这些等候的患者做好准备的啊！）

这些从大堂里回来的患者，无论是工作时的精力还是体力都很充沛，工作令人放心，本人也生龙活虎，感到工作起来"真不错"，可是，休息室里还有那些做好了准备，想着"来吧，到我们上场了"的其他患者等着呢。

结果，那些回来的患者，留下一句"那我去工作了"，又回到了大堂。

也就是说，变成了"没有轮换"的局面。这下又引发了新的问题。

（哎呀，该怎么安抚休息室里的患者啊？）

那些一下子扑了空、没有机会上场的患者，有的还不太清楚情况，有的似乎完全失去了兴趣。

还有的人本来已经准备好要去工作了，这样一来，变得很扫兴。

我们招呼这些患者说："这下可以好好吃顿饭了。"

"被子也铺好了。可以躺一躺哦。"

可是他们一脸不高兴的样子，说：

"我没提这些要求吧。"

甚至还说：

"我要回去了。"

总之，现在必须想办法让他们改变一下心情。

于是，我们决定带他们出去走走，邀请他们："去散下步吧。"

患者当中，也有人等不下去了，突然对我们说：

"附近就是荒川区政府，我要回去了。"

这是从荒川区的护理中心（集体之家）过来的患者。

可是，这附近根本没有荒川区政府啊。

我们反复告诉这位患者：

"您弄错地方了。您是从荒川区来到这里的。"

可这位患者一点儿也不退让，坚持认为："这里就是荒川区政府，我要回去。"估计他已经迫不及待地想走了。

强行把他留下来对他也不好。所以，虽然很遗憾，但我们还是尊重他的意思，让他回去了。

那之后过了一会儿，休息室里的氛围似乎变得紧张起来。

有人一脸不高兴的样子，开始焦躁起来，也有人在小声地争执。

（啊，果然情况变成了这个样子！）

这下完蛋了，我们这些工作人员也感到忐忑不安。

（这个时候，午饭还没好吗？）

虽然实行委员会答应供餐，但工作人员也忙得不可开交，我们也不好意思一直催促他们。

我们这些负责照看休息室的工作人员商量了一下：

"看这个情况，已经等不下去了。"

"是啊。"

于是，我跑去便利店里买吃的。当然，肯定是买饭团、三明治之类的。必须要让大家填饱肚子。

我尽量买多一些，买完后跑了回来。

患者们好像真的饿了。

看到我带回来的食物，他们都争先伸手去拿，食物瞬间被一扫而光。

与此同时，实行委员会的工作人员也贴心地发现食物没有了，于是为患者们端来了点心、小豆包和比萨。这些食物也很快被吃光了。

在大家的帮助下，患者们平复了情绪。填饱了肚子，无论是谁都会满足。休息室里终于又看到了患者们的笑容。

特别是甜食，对于缓和情绪非常有效。在集体之家时也是如此，当甜品端出来的时候，患者们马上变得笑眯眯的。

感谢餐厅里这些工作人员的灵活应对。

那之后，休息室里人来人往，一直很热闹。

有的患者工作得筋疲力尽，我们铺上被子，让他们躺下来休息。也有的患者一直都干劲十足，根本不回来休息。还有刚才那些一脸不高兴的患者，他们散步回来后，似乎都平复了情绪。

当情绪好转时，刚好轮到他们上场。

"到您的工作时间了。准备好了吗？"

"准备好了。"

"加油哦。祝您顺利。"

"我行不行啊？"

"没问题的。"

"对呀。我要好好干。那我走了。"

患者们看上去一副又紧张又像是去寻找乐趣的样子，去到大堂工作。

而那些从大堂回到休息室的患者，都带着满足的表情。虽然嘴上说着"好累啊"，但脸上洋溢着笑容。

看到患者们的笑容，当初送他们去工作时的艰辛，以及回来后照顾他们的辛苦，一下子烟消云散。

无论哪位患者，都带着一副我们从未见过的心满意足的表情。

看着那些轮换回来的患者，在我们面前展露出从未流露过的表情；看着其他在大堂里工作的患者，我又一次感到，原来，找到自己可以发挥作用的场所，能让一个人如此熠熠生辉。

只是，对于我们这些工作人员来说，也确实是艰辛的一天。因为什么都是第一次。

想到这样的一天还要再来一次，我又慌了神。

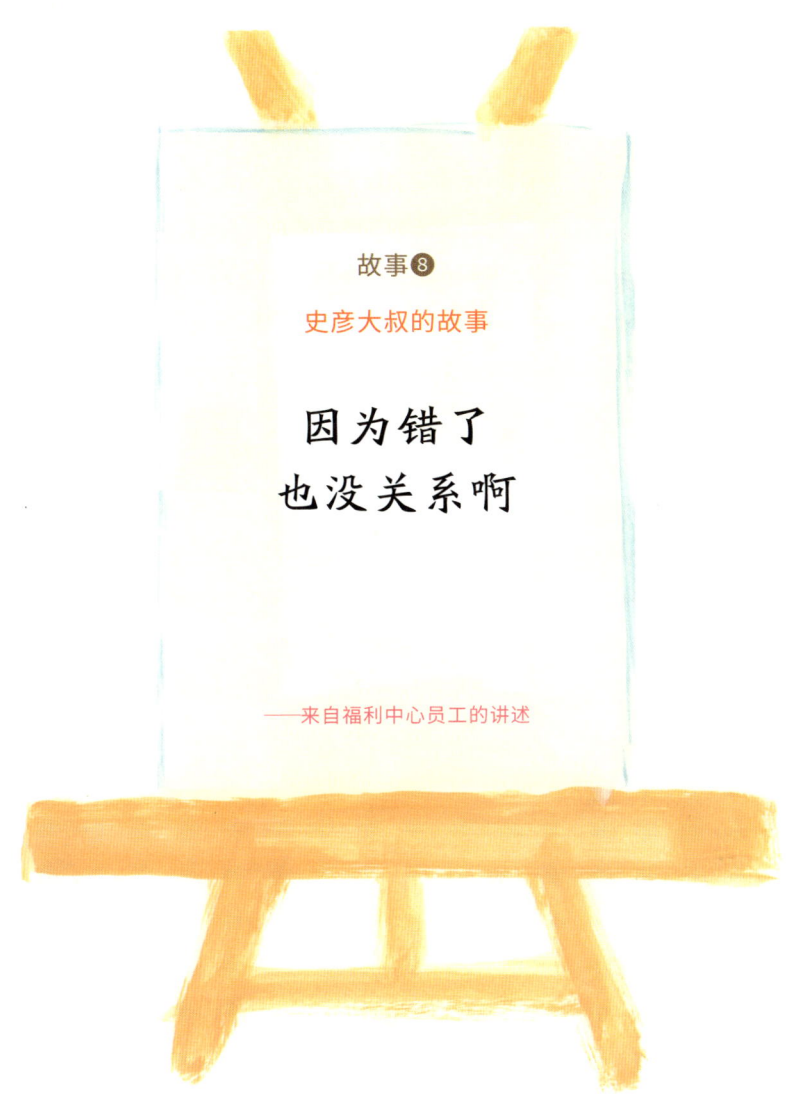

故事 **8**

史彦大叔的故事

因为错了
也没关系啊

——来自福利中心员工的讲述

有体力，有干劲，却没有用武之地。这是史彦大叔给大家的印象。

史彦大叔对以前的自己充满自豪：

"以前，我可是在新宿有名的烧烤店工作呢。"

还说他后来在一家大型公司的员工食堂里，为将近一百个人做菜、布菜，以及做善后的收拾。

患了早老性认知障碍症的史彦大叔，才不过六十二岁。

他试过从埼玉的家出来，一直溜溜达达走到葛饰[1]，是一个精力旺盛的家伙。为此，没少麻烦过警察。

无论什么时候，他想做什么就去做，想说什么就一直滔滔不绝地说。总之很健谈。我觉得明石家秋刀鱼[2]肯定也说不过他。

听他这样一直没完没了地唠唠叨叨，周围的人都疲

---

[1] 日本东京都的一个区。

[2] 日本落语家、搞笑艺人、演员、主持人，非常有人气。

惫不堪，家人也不堪重负。所以我们对他的家人说了来"会上错菜的料理店"干活儿一事，并征求他们的意见。

史彦大叔一天不在家，他的家人也能休息一会儿。

因此，他们很痛快地答应下来："好！好！请你们把他领走吧。"

当然，更重要的是，史彦大叔知道这件事后也非常开心。

"会上错菜的料理店"开业那天，史彦大叔的话又比平常多了一倍。"史彦脱口秀"简直如炸弹炸开一样，走到哪儿都能听到他的声音。

坐在前往餐厅的车里也是这样，总之一直在讲话。他太高兴了，处在一种亢奋状态。

史彦大叔干劲十足，自信爆棚。

因为他在餐饮业干过，待客也亲切自然。

"我是专业人士嘛。"

"我可干得不错哦。"

一言一行都透露着他满满的自信。

正因为史彦大叔有在餐饮业干过的经历，才出现了下面这一幕。

史彦大叔去给客人点餐。客人说：

"我要汉堡牛肉饼吧。"

史彦大叔问道：

"你是要'邪教'呢，还是要套餐？"

这是开张不久的事情，大家还都处在适应和摸索过程。

听到这句话，大家的冷汗都下来了。

"什么？邪教？邪教团体的邪教[1]？"

冷静下来想了想，啊，"邪教"这个词是一个外来语，还有表示"单点"的意思。

"会上错菜的料理店"菜品只有三种。

其中一种是"汉堡牛肉饼套餐"，客人只说了"汉

---

[1] 原文中的"カルト"有邪教的意思，但也有"单点"的意思。因为兼具两个意思，才会引起误会。

堡牛肉饼"，所以史彦大叔脑子转了一个弯："客人是不是想单点呢？"

于是他自然而然就问了对方："您是单点吗？"

这句话生动地体现了史彦大叔高度的职业自觉性。

客人刚听到史彦大叔的话时，也愣了一下，随后回过神来，微笑着回答："我要套餐。"

虽然史彦大叔干劲十足，但也错漏百出。

盛冷饮用的平底玻璃杯和盛果汁、咖啡用的玻璃杯看起来很相似，史彦大叔好像一直分不清，所以用起来也是哪个顺手用哪个。点餐也出错，送餐也会送错桌子。总之，任何一个环节都会出错。

而且，史彦大叔本人好像完全没有意识到自己出了差错。

因为在休息的时候，他极其认真地说了这么一句话：

"因为拿了工资帮人干活，可不能出一点差错啊。"

我强忍住内心想笑的冲动，说：

"是啊。"

史彦大叔接住我的话头，又说：

"我在员工食堂工作的那段时间，真的很辛苦啊。"

"怎么了？"

"一旦出错，会被骂得狗血喷头。客人也走了，还要被头儿骂。有时候直接就被炒鱿鱼了。"

确实，工作不就是这么回事嘛。

大叔说他是在战战兢兢工作的时候，被诊断出患有早老性认知障碍症，自那以后就不能工作了。就在这个时候，我们跟他说了"会上错菜的料理店"的事情。

"心情非常放松。因为错了也没关系啊。"

在餐厅工作这段时间中的最后一次休息的时候，他也在喃喃自语：

"这里的客人真正和气。搞错了也不生气啊。

"真是这样啊。

"能在这种地方工作，真是太棒了。

"能让我大显身手，真是太好了。"

总之，一脸满足的样子。

史彦大叔因为患了认知障碍症，失去了获得满足感的机会，"会上错菜的料理店"却让大叔重新获得了这个机会。

　　史彦大叔一味地说自己想说的，做自己想做的。这种行为也有患了认知障碍症的原因，所以他才无法顾及周围人的心情。

　　但是，自从史彦大叔在"会上错菜的料理店"里工作以后，至少他已经表露出"希望能对别人有所帮助"的意图。

　　在"会上错菜的料理店"工作后不久，史彦大叔又一次外出未归，行踪不明。

　　他的家人外出寻找未果。他晚上在街上瞎逛的时候，被警察发现，并被护送回家。

　　当时正值盛夏，大叔顶着烈日在外面行走，整张脸被晒伤，脱皮很严重，一副惨不忍睹的样子。也不知道有没有及时补充水分，再问他本人，他已经记不清楚了。

　　"昨天你去哪里了？走了老长一段路吧。"

"到横滨港了呢。"

要是你跟他说，"不是啦。其实史彦大叔你是在埼玉的岩槻这个地方被发现的"，也并没有什么用。

大叔对于自己到了横滨港这件事深信不疑。

"我看了船，欣赏了夜景，享受了美食，就回来了。"

"啊，是这样啊。你怎么跑那么老远呢？"

我们顺着他的话，又问。

史彦大叔一脸满足地说："总给老婆添麻烦，想着一定要对她好一点。因为她说过想去横滨港，所以就带她去了。"

事实当然不是这样。

就在史彦大叔在外游荡到自以为是横滨的岩槻的时候，他的太太正上天入地地找他，累个半死呢。

到了晚上也找不到他，史彦太太非常担心，以至于一晚上没睡。

史彦大叔很以自己的妻子为傲，"我有个好老婆"这句话经常挂在嘴边，所以他骨子里是个温柔的人。

这次史彦大叔的走失，起因并不是大叔"我想去散步"的念头，而是大叔内心有"为别人去做一件事"的念头。就我所知，史彦大叔这样想，还是第一次呢。

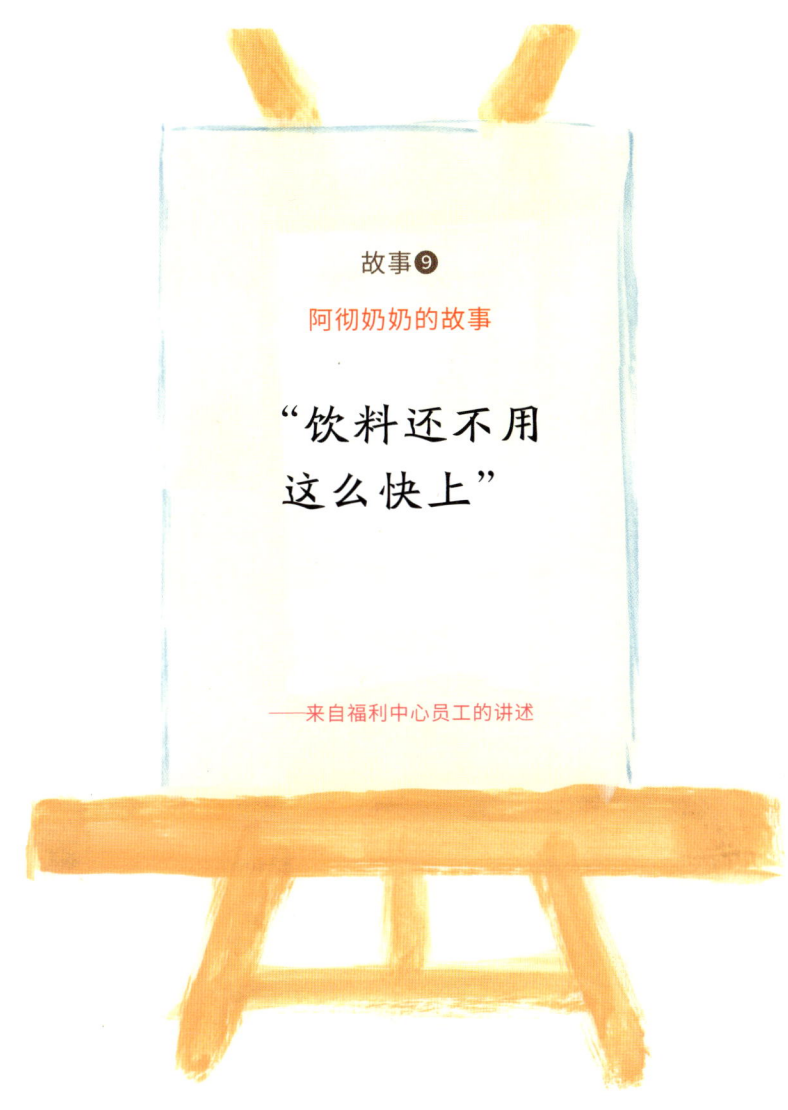

故事 ❾

阿彻奶奶的故事

"饮料还不用
这么快上"

——来自福利中心员工的讲述

一听说"会上错菜的料理店"开业的消息，我们就问阿彻奶奶："您要不要来试试？"她很高兴地答应了。

我们请她来参加的一个很重要的原因，是她在餐厅里工作过。

她曾告诉我们，自己过去常年在儿子的店里帮忙，但被诊断出认知障碍症后，儿子对她说："妈妈您也上年纪了，可以好好休息一下。"

阿彻奶奶自己也觉得，"确实，我也会出差错，又不想给儿子添麻烦"，所以就接受了儿子的好意，退出了工作舞台。

阿彻奶奶虽然深知儿子对自己的体谅，但对工作似乎还有一些眷恋和不舍。

"会上错菜的料理店"开业当天，在开始正式营业前，我们先到二楼的休息室集中。

在那里，第一次拿到了点餐单。

点餐单经过精心设计，上面写好了桌台号码以及菜单的编号，根据客人的点餐要求，在点餐单上对应的位置圈出来，一眼就能看懂点了什么。

不过，这些负责点餐的人全是认知障碍症患者。

他们有可能不能理解这张纸究竟用来干什么，也有可能虽然现在明白，但十分钟后就记不住了。

所以，我的心一直悬着：

"他们能不能顺利做到啊？"

就在这时，阿彻奶奶说了一句话：

"把点餐单交给客人，让客人来填写不就好了？"

是啊，太对了。真是出色的解决方案。

我真佩服她这个时候的联想能力，到底是在餐饮行业工作过的人。

事实上，当天在餐厅里，到处都可以看到把点餐单交给客人、让客人来填写的场景。

这在一般的餐厅是不能想象的。但这里是"会上错菜的料理店"。在这里，允许这样做。即便出错，也没有人会责怪。

阿彻奶奶"嘿嘿"地笑了。

虽然阿彻奶奶想出妙计，"把点餐单交给客人填写"，但她自己却认认真真地听客人点餐，做记录，扎扎实实地做着接待工作。

当然，她也出了好多差错。

比如，刚问完客人点什么，下一秒就忘记了。

"哎呀呀"，她自己都笑了起来。不过，虽然出错，但看她工作时的样子，还是令人感到她到底是宝刀未老。

这间餐厅一天只营业短短四个小时。

但是，工作时一直站着，对于认知障碍症患者来说，是个辛苦活儿。阿彻奶奶做起事来迅速麻利，可是工作了一个小时后，我们还是担心她可能累了，于是对她说：

"休息一下吧。"

"哎呀，我不要紧。"

虽然她这样说，但是大家都非常清楚，阿彻奶奶是很坚持、很努力的人。

而且，在当天参加工作的患者中，阿彻奶奶年龄最大，已经八十五岁了。所以，必须留意她的身体情况。

另一方面，我们也有这样的考虑。

（或许她是离不开这个工作环境呢？）

因为她看上去真的很愉快，充满活力地投入在工作中。

考虑到这些情况，我们决定最后问她一次：

"休息一下吧，没关系的。"

"真的吗？"

这时，阿彻奶奶好像松了口气似的，表情轻松起来。

估计她和儿子一起经营餐厅时，总是坚持工作，绝不会流露出疲惫的表情。"这点活儿就说累，那怎么行。"

看来，在阿彻奶奶的心目中，还保留着过去工作时的自豪感以及对工作的认识。

当天，这间餐厅的老板——餐饮行业的专家，为这次活动提供场地的木村周一郎先生——也在餐厅，他一直在选择合适的时机，巧妙地提醒帮助那些在餐厅里工作的患者。

据说，木村先生自己也几乎没有和认知障碍症患者密切接触的经历。在第二天工作时间过半的时候，木村先生提醒阿彻奶奶：

"该给 3 号台上饮料了。"

可是，阿彻奶奶回答："不用。他们还在吃其他餐盘里的东西，我觉得最好再等等。"

我们在一旁听到以后，都大吃一惊，木村先生也略带惊讶地表示赞同说："啊，确实如此。"

后来，我们问起木村先生那个时候的情况，他略带尴尬地笑着说：

"我觉得，我那时候耳根都红啦。在和患者们接触的过程中，我原本以为'只要给出指令，他们就会好好执行'。

"但实际情况并不仅仅如此。

"因为我发现，先做出预判再行动，很多人都做不到，可阿彻奶奶虽然患了认知障碍症，但这一点却做得很好。

"说真的，如果当时再多让他们做些工作就好了。

我的做法太保守了。对此我也做了反省。"

"会上错菜的料理店"第一天的营业结束后，阿彻奶奶在回程的车上，舒了口气，说"好累啊"。可是，她的样子看上去很愉快。

"若是我一个人的话，肯定什么都做不了，什么忙也帮不上。因为今天有这么多伙伴，所以我做到了。"

然后，她语气深沉地反复感叹：

"因为有了大家，我才能这么努力。

"同伴真的太重要了。

"要珍惜你们的朋友啊。"

阿彻奶奶平时很开朗，经常开玩笑，又很健谈。可是，她却说出了这么意味深长的话，好像在讲道理似的。这样的她，我还是第一次见到。

我们聊天的时候，阿彻奶奶手里一直攥着工作一天获得的三千日元谢礼。

我们问她："这事儿您要不要在儿子面前夸耀一下？"

她微微一笑：

"我要攒下两天的钱，存多点再显摆。"

说完，她笑了起来。

这件事，其实还有后续。

过了不久，我们询问阿彻奶奶的儿子谢礼的事情。

她的儿子一脸震惊："是吗？还有谢礼？"

（阿彻奶奶是不是忘了把谢礼的事告诉儿子了？）

我们有点担心，于是试着向阿彻奶奶核实情况。虽然她的记忆已经很模糊了，但总结一下她的意思，大概是：

"这些钱用来买东西了。"

结束在餐厅里的工作后，阿彻奶奶整整两个星期没有来护理中心接受日间照料服务[1]了。

阿彻奶奶好像起初是因为感冒，但不久就好了。好

---

[1] 为日常生活需要一定照料的老年人提供膳食供应、个人照顾、保健康复等日间托养服务，是一种可以白天入托接受照顾和参与活动，晚上回家享受家庭生活的养老服务。

了以后，她拿着谢礼去买东西了。

在阿彻奶奶的记忆里，还有没有关于"会上错菜的料理店"的部分呢？这真不好说。

不过，在餐厅里"工作过"的记忆，也许和以前在儿子的店里工作过的记忆，联系在一起了。

这样想来，她没告诉儿子自己得到了谢礼，也说得通。

因为她觉得，这是自己通过工作理所应当得到的，没有必要特意告诉儿子。

估计她心里想："我自己挣的钱，我要自己用掉。"然后，享受了一下久违的购物乐趣。

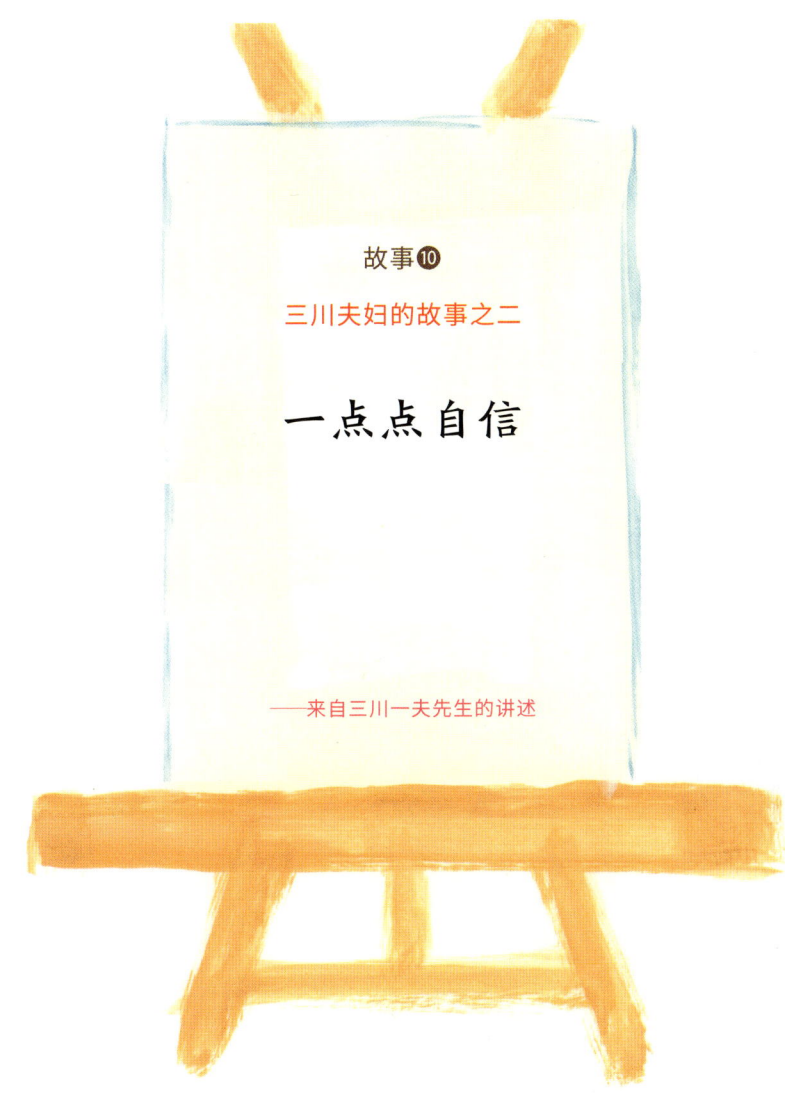

故事 ⑩

三川夫妇的故事之二

一点点自信

——来自三川一夫先生的讲述

在"会上错菜的料理店"里，我拉大提琴，妻子弹钢琴。

我们俩接受了这个邀请，所以很努力地在家里练习。

在开业当天。

"劳驾，能麻烦您把这些餐垫摆放在桌子上吗？"

妻子接过工作人员递过来的一沓餐垫，一脸疑惑。

这一幕被我看到，我知道，把相同形状的餐垫铺在一模一样的餐桌上面这种事情，对妻子来说，不是一件容易的事。

因为妻子对于形状的认识能力急剧下降，所以她不明白每张餐垫到底要放置在哪里，以及如何放置。

虽然说不明白的时候可以问别人，但是店里的人都在为开张准备，忙个不停，妻子也不大好问。

我们夫妇是在紧张与不安中迎来了"会上错菜的料理店"的开业的。

那天一大早，妻子就非常紧张。

大家察觉到了妻子的紧张，出言安慰：

"三川太太，是不是因为一会儿要弹钢琴，所以现在很紧张啊？没关系啊，弹错了也不要紧啊。"

　　"对啊，我们都很期待呢。"

　　听着大家的安慰，妻子突然对我说：

　　"弹钢琴我不紧张。你也在这里嘛，真的没关系。我担心的是别的。"

　　对妻子来说，在患上认知障碍症之前，在很多人面前弹钢琴，是一件很平常的事，毕竟这是她擅长的领域，不会令她感到紧张。

　　让她感觉不安的，另有他物。

　　她紧张的是：她要在大堂干活儿这件事。

　　事实上，她在给客人上菜的时候，刚要踏出一步，又停下来，然后慌慌张张地四下张望，仿佛在询问：我这是要送到哪儿呢？

　　虽然大家告诉她错了也不要紧，但是她不想出错。

　　她的"我想做好这件事，错了会很不好意思"这种想法，哪怕是患了认知障碍症，也没有变。

我不想出错，可是我真的不懂啊。

看见妻子一脸惶惑的样子，我最终忍不住开口相助：

"是2号桌吧。喏，那边。"

妻子听到了，感觉有点儿沮丧："哎，还是不行啊。"

一阵忙乱之后，到了第一次演奏的时间了。

我们选择的曲目是《玛利亚》。

因为我们只会弹这个。

在正式演奏前，我简单说了几句话：

"妻子四年前被诊断为患有认知障碍症，虽然她是弹钢琴的行家，但也已经渐渐弹不了了。然而她太爱钢琴，太想弹了，所以我们俩决定这次弹奏一曲，不一定能弹完整首曲子。请您随便听听。"

就这样，我们开始了演奏。

演奏过程当中，两个人都聚精会神，完全没工夫考虑演奏以外的事情。

总之就是像平常那样弹完了。

刚开始弹的时候很流畅，但中途还是出了错。

她赶紧道歉：

"哎呀，非常抱歉。"

我抓住她的手，告诉她正确的琴键位置。

然后，我们又从出错的地方开始弹。我配合她的节奏，也开始拉大提琴。

就像往常一样，就像平时的练习一样，我们演奏完全曲。

弹完之后，我松了一口气，与妻子对视一下，然后听到了意想不到的热烈的掌声。

我们看着店里的客人，大家都笑意盈盈地看着我们，甚至有人眼泛泪光。

应该正在给客人上菜的各位员工，不知何故，也和客人们一起坐在椅子上。

员工们笑眯眯地给我们送上了掌声。

客人们你一言我一语地说：

"好感动啊。"

"棒棒的。"

"好想再听一曲。"

我们刚才就是被包围在这样温暖的氛围中演奏的。

我想：这里真是一个暖心的地方，所以演奏起来格外顺畅。

妻子笑着说：

"大家这么捧场，真的很不好意思啊。"

我的长子夫妇二人，以及长女一家人都来到餐厅。

两个孩子都是从小听着我们俩的演奏长大的。

中途出错、数次停顿，这样结结巴巴的演奏，我们以前实在不会觉得它有多好。

但是我儿子说：

"今天最让我感动了。"

儿子的这番话，让我们俩感觉无比高兴。

自从在"会上错菜的料理店"里演奏以来，让我觉得最好的莫过于：妻子又恢复了往日的开朗，重新变得精神抖擞。

妻子说："多少找回了一点自信。"

听到妻子口中讲出来的这番话，我真是开心极了。

现在的日常生活当中，妻子能独立做的事情越来越少。

比如说，经常把衣服前后穿反。如果穿对了，两个人就很开心；如果穿反了，她还是会有一丁点儿的沮丧。

但是，也有她能做的事情。

早上，都由妻子来做味噌汤。

淘米、放入电饭煲并按开关，都是妻子的事情。

玄关的开门、关门，我也一并拜托给了妻子。

给泡澡桶盖上盖子，也是妻子的工作。

泡澡桶的盖子是两块木板，盖的时候要对准两块木板的位置，有时还要改变木板的方向，这些对她来说都不是容易的事情。但是最近妻子出错的频率越来越低。

家用安全系统的设置，我也交给妻子来做。要记住许多的按钮，非常不容易，但是妻子也做到了。

弹钢琴也一样。

以前一直都得我陪着，否则弹不下去。但现在她一个人也能弹曲子，因为我承担了大部分的家务，不能一直陪着她。她能自己独立弹曲子，等于把我解放出来了。

但是，如果太不关注她，她也会嘟嘟囔囔：

"哎，我说，我完全不懂啊，我弹不了啊。"

但其实是能弹的。

即使我没有陪着她一起，我也会仔细地聆听她弹的曲子，所以她的状况我是清楚的。

她这样说，只不过是在向我发出信号：

"跟我一起弹吧。"

或者"陪陪我嘛"。

我知道她的真实想法。这个时候我就会说：

"好吧，我看着你弹。"

或者"我们来合奏一曲吧"。

活泼开朗的妻子又回来了，我十分高兴。

哪怕她不能独立穿好外套，会做错事情，做事笨手笨脚，我都不在乎。

再来一次就好了呀。

妻子和我能有这样的想法，可能要归功于那次的演奏。

　　那天，妻子为有重新为大家演奏的机会而欢欣雀跃。

　　我比妻子想得更多。

　　我想，认知障碍症这种病应该让更多的人知道。

　　我还想，还应该让更多的人知道并看到，即使患了认知障碍症，患者们也在努力地让自己活得更有意义。

　　妻子的人生中拥有钢琴，是一件非常幸运的事。

　　正在离她远去的自信，因为钢琴，又回到她身边。

　　我想，别的认知障碍症患者应该也有自己擅长的什么东西吧。

　　如果身边的人能够发现患了障碍症的亲人有什么擅长的东西，那么，无论是患者本人，还是照看患者的亲人，他们的生活都会发生很大的改变。

　　每天，看着坐在钢琴前的妻子，我就想：这真不是一件容易的事情。但是，好在希望还是有的。

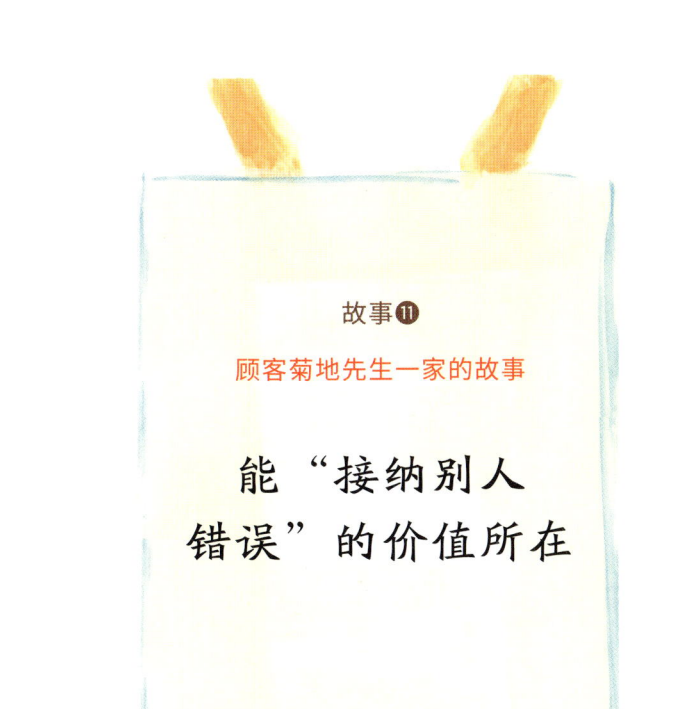

故事⑪

顾客菊地先生一家的故事

能"接纳别人
错误"的价值所在

——来自菊地先生（某企业经营者）的讲述

我知道"会上错菜的料理店"，是在一次名为"餐饮行业年轻企业家聚会"的学习活动上。

　　在那次活动中，"会上错菜的料理店"项目的策划人小国先生临时加入。将他约十五分钟的介绍归纳起来，大意如下：

　　"我想开一间餐厅，聘请认知障碍症患者做员工。可是，我现在既缺乏场地，又缺乏经营方法。请大家帮帮我。"

　　老实说，听了以后，我心想：

　　"深有共鸣，可是，要实现太难了。"

　　估计当时在场的人，也就是餐饮行业的专家们，都和我有着同样的想法。

　　但是，事情并没有到此结束。

　　当小国先生介绍完之后，马上有人举起了手。

　　"场地有着落了。"

　　说这话的人是木村先生。

　　我猜测，虽然木村先生也感觉"要实现这个计划门槛太高了"，但小国先生的热情和气魄，让他忍不住伸出了援手。

在木村先生的带动下，在场那些餐饮行业的经营者，都纷纷伸出了援手。

如果没有当时木村先生那一句话，恐怕"会上错菜的料理店"这个项目就无法变成现实。

原以为不能实现的计划，开始朝着可以实现的方向突飞猛进。

这真是奇迹般的瞬间。

我目睹了这个场面，十分感动。

当时我就强烈地想要去看看这个"会上错菜的料理店"。

我叫住小国先生，一边叮嘱他"您一定要联系我"，一边递上了我的名片。

过了段时间，我收到了"会上错菜的料理店"的试营业通知，我第一个告诉的是我的大儿子。

"要不要去看看'会上错菜的料理店'？听说是一

家会上错菜的餐厅哦。"

其实，当时我并不期望他会同意。

没想到，他当场就答应了。

"我去。"

"可能会上错菜哦。没关系吗？"

"如果是会上错菜的话，那我要去。"

我的心里有一种说不出来的奇怪的感觉，我理解了他的意思。

二十一岁的大儿子，一直有智力方面的障碍。

他现在的智力相当于四五岁的孩子。一出生就进了NICU（新生儿重症监护病房），在那里住了三个月。虽然十分艰难，但他总算保住了性命。可是智力方面却留下了残缺。

虽然有残缺，但大儿子是个开朗的孩子。

他会和所有经过身边的人打招呼，所以无论和谁都能相处融洽。以前他不懂得胆怯害怕，所以连不认识的人也觉得他可爱。

过去，他也喜欢在外面吃饭。

我家是个五口之家，在他下面还有老二、老三这两个儿子，妻子平时照顾一家人包括大儿子的生活起居，很辛苦。为了让妻子假日能稍微休息一下，我们常常在周末全家一起去外面吃饭。

只是，在外面的时候，大儿子很快就会有想和别人交流的举动，或者大声地说话。

小时候，即使他做出这样的行为，多数人也能善意地包容，笑着问他，"怎么了？""有什么事？"

但随着年龄的增长，周围的眼光都变了。

因为他看起来已经是个成年人了。

一个大男人突然凑过来，又不是熟人，还来打招呼，自然会想，"这家伙想干什么！"甚至有时会被他吓着。

他自己也对周遭的眼光变得非常敏感，可是他无法阻止自己和别人接触，和别人打招呼。

终于，到了二十岁以后，他开始表示：

"我讨厌和人交往。"

那是有一天，我和他去遛狗时发生的事。

突然，他停下脚步，低着头，一动不动地站在那里。就在那个时候，一个陌生人从后面超过了我们，等那个人走了之后，他又开始走了起来。

对他这种从未有过的举动，我很吃惊，我问他：

"你怎么了？"

他回答我说：

"我讨厌和人交往，所以让他先走了。"

还有，最近我们邀请他："去外面吃饭吧。"

他绝对不会同意。

他听不进我们的话，他会说：

"我不去。我想在家里吃。"

无论是他，还是我们夫妻俩，近来对附近快餐店的菜单已经十分熟悉了。

可就是这样的他，说想去"会上错菜的料理店"。

"可能会上错菜哦。"

也许是这句话，打动了他的心。

我和妻子、大儿子三个人一起去了"会上错菜的料理店"。

　　在那里，他表现出了本来的他，让我们看到了久违的开朗的他。

　　他对从身边经过的每个人说"你好啊"，向给我们端菜的老奶奶说"谢谢您！"。

　　对着前来向我们打招呼的小国先生，他还笑着说：

　　"哥哥，你好啊！这家店真不错啊。"

　　还有，无论是对着其他的工作人员还是客人，他都会笑着向他们搭话：

　　"这家店，真不错啊。

　　"我还想和爸爸妈妈来这里！"

　　除了他的说话声，餐厅里到处飞扬着各种声音，回荡着笑声。

　　"您弄错了哟。"

　　"哎呀，哈哈哈，对不起呀。"

　　"真好吃啊。"

"我点的菜没有被弄错哦，嘻嘻。"

真是一个既热闹又温馨，让人放心的地方。

在这里，没有人会皱着眉头看他。

旁边的餐台有个小孩正在哭，可是没有一个人抱怨。

"会上错菜的料理店"接纳了大儿子本来的样子。

不仅仅是他，对所有人都是如此。

我们都保持着自己最诚实的面貌，自然而然地融入了这里的氛围。

能够看着大儿子开心地用餐，对我们夫妻俩来说，真是一种幸福。回想起来，这段时间，连我们自己提起在外面吃饭，都不由得多多少少感到有压力。

为了不让大儿子与别人产生不必要的接触，我们经常会选择位于角落的餐台或者单间，用心安排落座的位置。

无论是去洗手间，还是做什么事，都必须围着他来考虑。

为了避免喧哗吵闹，避免给别人添麻烦，总是紧张兮兮、小心地留意着别人的眼光。我们肯定总是绷着脸看着他吧。

可是，在"会上错菜的料理店"里，我和妻子能够轻松悠闲地笑着和儿子一起围坐在桌前。

这真是一段难得的时光。

还有一件事，令我非常吃惊。

就是那里的菜太好吃了。

菜单上有三道菜，我们三个人各点了一道，这样就可以品尝到所有的菜。令我吃惊的是，无论哪道菜，水平都非常高，简直不能相信只要一千日元就能吃到。

所以，哪怕菜上错了，也肯定都是好吃的。

我感觉，这里所有的工作人员都有一股士气，要努力为客人打造一个出色的"会上错菜的料理店"。

"说真的，这其实是你必须要做的事啊。"

妻子环视了一下餐厅，这样对我说。

"是啊。"

"你要为了我们家努力哦。"

"我会的。"

事实上，妻子从以前开始，就一直迫切希望建立一个托管机构，照顾像大儿子一样有缺陷的孩子们。我自己也一直朦朦胧胧地思考着，将来的计划之一是实现这个愿望。

我想，在遇到"会上错菜的料理店"之后，妻子觉得这里有她心里描绘的理想画面。

自那以后，大儿子好几次这样问我："什么时候再去'会弄错菜单的料理店'？"

看来，那段在店里度过的时光，对他来说是最快乐的。虽然他好像把店名记错了。

"还想去？"

"想去。"

"那你想不想试试在那儿工作？"

"想！"

对大儿子来说，"会上错菜的料理店"肯定成了他心中一个特别的地方。

不过，他依旧讨厌去外面吃饭，还是讨厌和人交往。

仅仅一件事，就让所有的情况都朝着好的方向改变，这毕竟是不可能的。

现实就是如此。

"会上错菜的料理店"也一样，不可能因为有这家店，就解决了认知障碍症患者所有的问题。

提出这个方案的小国先生也好，把这个梦一般的方案变成现实的工作人员也好，应该都没有抱着这样的期望。

只是，创造了一个可以容忍出错的空间，创造了一个可以接纳出错的环境。

我想，这就是这间餐厅的价值。

而对我来说，找到了一个只要带大儿子去，他就会开心的地方，这件事的价值是无可替代的。

我们家都发自内心地盼望再去一次"会上错菜的料理店"。

故事 ⑫

慈小姐和直小姐——客人的故事

这家餐厅
真是太棒了

——来自中岛直小姐（设计师、大学教师）的讲述

“喂，小直。”

小慈在吃比萨的时候，才知道这家餐厅的员工全都是认知障碍症患者，既吃惊又感动，但马上又一脸不安。

“我……我刚才不知道这件事，所以点餐的时候，还跟点餐的员工说：‘你们可能会上错菜，对吧。’”

她这么一说，确实如此。当时那个来点餐的老人家笑着回答：

“不会不会。呵呵，我们会尽力的。”

“哎呀，我这样讲，不会对他们造成心灵的伤害吧？”

我笑着安慰她：

“不会啦。”

接着，我又耐心地解释：这家餐馆不是号称是“会上错菜的料理店”嘛。有了这个做底气，知道这个理念的人也好，不知道这个理念的人也好，甚至这里的员工也好，大家就能毫无心理负担，轻松地坐在这里了。

“啊，原来是这样啊。这家餐厅什么客人都能来啊。”

我想在小慈毫不知情的情况下和她探讨她在当下的纯粹感受，所以我没有和她事先说明这家餐厅的理念，就直接带她过来了。

　　我，现在癌症四期，活到现在。

　　那天，我在"会上错菜的料理店"里，发现了我的病和认知障碍症的共通之处。

　　那就是"失去"。

　　我患病之后，那些外在的东西，那些除生命之外对我而言都属于是附属品的东西，那些曾经能做的事情，都一一失去。我数次尝到了"失去"的滋味。

　　那些被诊断为认知障碍症的人，不也是逐渐地失去记忆，很多本应该做到的事情都渐渐地做不到了吗？

　　得的是癌症，所以只能放弃。

　　"得的是认知障碍症，所以只能认命。"

　　在这个世界上，也有很多人，虽然毫无恶意，却要把这种观念强加于人。

　　但是，得了癌症的我，在那天，穿上自己喜欢的衣服，打扮得美美的，与自己的闺蜜在一家超棒的餐厅享受了一顿美味的午餐。

就在这家餐厅，那些患了认知障碍症的员工，穿着清一色的工作服，与伙伴们喜笑颜开地工作着。

就在那天，就在那里，"会上错菜的料理店"让我明白一件事：

我们确实失去了很多东西，但是也还有很多事情是我们能做到的。即便失去，我们也还能够和这个世界保持联系。

就在我们享受午餐的时候，一对夫妇走到我们桌子旁边的钢琴前面。

妻子在钢琴前坐下来。仔细一看，这位就是刚才给我们上菜的那位认知障碍症患者啊。

丈夫坐在钢琴旁边的椅子上，做好拉大提琴的准备，然后说了一句话：

"我们不一定能弹完整首曲子。请您随便听听。"

餐厅里响起钢琴曲《玛利亚》的旋律。

演奏一开始，妻子几度出错，演奏被迫中断。她一边说着"对不起"，一边带着害羞的、略显难过的表情，呵呵地笑。

于是，丈夫放下大提琴，站起身，上前一步走到妻子跟前，抓着她的手，放在正确的琴键上面。然后，演奏又重新开始。

这种情景几度上演。

在场除了这对夫妇以外的人，都被这个场景深深打动，谁都没有说话，静静地听着他们演奏。

小慈虽然脸部表情看着没什么，但眼泪却流下来了。

我看着这对夫妇，想起了我的家人。

三十一岁那年，知道自己患了癌症之后，我结束了漂泊的单身生活，回到了家里，开始和家人同住。

同住时间最长的，是与我的父亲。

当力气不够的时候，即便是很小的事情，我也不勉强自己，安心让家人代劳；状况不好的时候，大家也能一笑视之。

如果不生病，就不会失去这许多东西，但是我现在内心祥和平静，却是拜生病所赐。

我想，眼前的这对夫妇也和我一样吧。

两个人肯定每天都这样努力练习，停顿后又重新弹，停顿后又重新弹，这就是两个人的日常生活。

丈夫每天要抓起妻子的手多少次呢？

两个人一起度过了多少这样相依相守的日子呢？

妻子得了认知障碍症，将这对夫妇磨合成了现在的相处模式。

失去，是一件恐怖又痛苦的事情。但是，不要一味追忆失去的东西，而要把视线放在当下拥有的上面，这样，就能找到新的生活方式，重新焕发光彩。

那对夫妇给予了我莫大的鼓励，就如同要证明我上面所想的完全正确一样。

演奏结束的时候，小国先生走到我们身边，对我说：

"小直，把这个送给三川太太吧。"

他手上拿着的，是我带过来的手信。

在大家的掌声中，我把手信送给三川太太，她一副非常害羞的表情，接受了我的手信。

我们内心充满了感动和感谢，热烈的掌声不足以表达此时此刻我们的心情，而小国先生的这句话，直接表达了我们对三川夫妇的心情。

我忘不了这时的三川太太的笑脸。

一出餐厅门口，小慈说：

"这首《玛利亚》钢琴曲，真是让人难以忘怀。"

说着，她又回头看了看身后的这幢白色建筑物。店里一如既往地热闹，从窗口能听到里面传来的客人和员工的欢笑声。

在外面，客人们排着队等着进去。

"小直，谢谢你今天邀请我来这里，这真是一家超棒的餐厅。"

"对啊，这里很舒适，食物出品也好，演奏也很棒。"

"真的啊。不过，有一点还是有点儿介意。"

"嗯？是什么呢？"

"实际上，我一直在纠结到底要比萨还是要汉堡牛肉饼。他们错把汉堡牛肉饼端上来的时候，我心想，'哇，看起来好好吃啊'。所以端上来的时候要是没大惊小怪地说'咦'就好了。我刚才说了一句'你们可能会上错菜，对吧'，感觉这句话真的不应该说。"

　　这时，正在门外接待客人的小国先生对我们说：

　　"没事，没事，说没说都没关系。我们不会强制客人的任何言行，但是，他们可能真的会上错菜，请一定要原谅他们啊。"

　　我们又一次回首注视着这家餐厅。

　　"这家餐厅真是太棒了！"

故事 ⑬

大堂里的故事

"无论是谁，
在这里都能被接纳"

——来自项目策划人小国士朗的讲述

"欢迎光临。"

为了"会上错菜的料理店"开业这一天的到来，尽心尽力的木村先生后来告诉我们，当天在第一批客人进来的那一刻，他突然意识到：

"这样下去可不行！"

情况也确实如此。

"会上错菜的料理店"的策划人是电视节目制作人。而且，无论是一起合作的实行委员，还是支持我们工作的护理中心的员工，谁都没有过从事餐饮工作的经历（就算有，也不过是做过兼职而已）。

面对那些闻讯赶来的客人，认知障碍症患者就不用说了，连工作人员都跟着慌乱起来。

餐厅里一下子充满了焦虑与不安。这时，木村先生的声音响了起来。

"请带客人到 1 号餐台。"

"请给客人上茶。"

这个时候，真能靠得住的只剩木村先生了。当时觉得，木村先生简直是神佛转世。

就这样，在木村先生干脆利落的指示声中，"会上错菜的料理店"开始营业了。

说起来，在客人到来之前，一些因素导致根本无法做准备工作。

我们无法事先知道，到底哪位患者要来店里工作。

和田先生和护理中心的工作人员要根据当天的情况判断后，再让他们过来。

而且，就算知道谁会过来，"事先交代好、练习过都是没有意义的。因为他们马上就忘了。哈哈"，和田先生告诉我们。

另外，不管是护理中心的员工，还是从事护理和援助工作的专业人士，在餐厅服务方面都是外行。

因此，这真的是一次临场发挥。

可这里毕竟是餐厅。

大家一边听从着木村先生的建议，一边留意有哪些该做的细节。

特别伤脑筋的一件事，就是要告诉那些负责端菜的患者，如何清洁自己。

当天早上，患者们到达餐厅后，先带他们到洗手台，告诉他们："各位，我们先洗手吧。"

让他们把指甲缝都认真地洗干净，再用酒精消毒。若是头发长的患者，要让他们把头发紧紧地扎起来。

"接下来，请穿上这个"，然后给他们配发当天专用的新围裙。

围裙要熨过之后才能穿。那天，工作人员一早开始就各种忙乱，分身乏术，所以，患者们能自己熨围裙，还真是帮了大忙。

因为患者们每天在护理中心里，都是这样熨烫衣物、准备饭菜的。所以，完全不需要任何担心，反倒是他们熨得比我们要平整得多。

当我们还在吃惊时，护理中心的工作人员却淡定地说：

"年纪越大，自然做的事情越多。虽然记忆力不行

了，但是身体会记住很多事情啊。"

确实如此。

实行委员会的成员中，有的人此前几乎没有接触过认知障碍症患者。他们站在患者的身边，观察患者与护理中心工作人员的交流，并且直接与患者交流。在这个过程中，他们清楚地认识到：

"啊，原来正常交流就好了。"

确实也有各种各样需要我们给予额外照顾的情况。可是，那些专业护工能做到的事，我们这些外行人是不行的。

既然这样，与其想着要"帮患者们一下吧"，倒不如和患者们正常对话，若是看见他们有困难时，再帮一下就好了。

剩下的事，就是大家一起欢笑，一起享受，这样就好了吧。

我是这么想的。

就在我们忙忙碌碌做着各种准备的时候，客人们陆续走进了"会上错菜的料理店"。

"您要点什么？"

阿彻奶奶走到餐台前，给客人点餐。

"水饺和汉堡牛肉饼。"

"水饺……和什么来着？"

"汉堡牛肉饼。"

"啊，是汉堡牛肉饼啊。对对，想起来了。我再确认一次，呃，是水饺和……？"

阿彻奶奶盯着餐单，歪着头，停住了。

"对，是汉堡牛肉饼。"

"啊哈哈。我忘记了。"

"啊哈哈哈。"

我没法将目光从大堂里挪开。

大堂里，有很多人。有大人、小孩，男的、女的，身体有残缺的、生病的、患了认知障碍症的……大家情况各异，但聚在这里，在美食面前，都尽情地欢笑。

我印象最深的是，当三川夫妇开始演奏的时候，大堂里的老奶奶们都把工作丢到了一边，"咚"的一屁股坐到凳子上，入神地听了起来。

看着她们这副理所应当的架势，让人觉得滑稽可爱得不得了。

无论是谁，在这里都能被接纳……这样说虽然有些夸张，但我感觉到，这里流动着非常自由的空气。

那天早上，在餐厅开业之前，我们所有人一起确定了一件事。

那就是，这间餐厅，要让在这里工作的人、来店的客人，还有我们这些在背后支援的人，都体会到"有它真好"，让大家在欢笑中离开。

看，还有很多客人光临呢。

"会上错菜的料理店"，才刚刚开始呢。

大合照

Part 2

第 II 部

THE RESTAURANT OF ORDER MISTAKES

"会上错菜的料理店"
的创办

"最难以忘怀的"
竟然是稀松平常的普通生活？！

● 迫不得已的开始

坦白地说，在 2012 年，当我脑子里出现"会上错菜的料理店"的想法时，既没有关于认知障碍症的知识，甚至也几乎不关心这方面的任何情况。

很大一部分原因，可能是我身边没有认知障碍症患者。

虽然我是电视节目制作人，会到各地采访，但不知为什么，我以前从来没有接触过认知障碍症。

就是这样的我，突然闪现出创办"会上错菜的料理店"的想法，但我悄悄告诉你们，其实说到底，这个事情的开端是因为我当时无路可走了。

那个时候，我非常烦恼。因为，我蹲点采访了一个月左右的地方，突然拍摄工作进行不下去了，照这样下去，这档节目就要流产了。

说得直白一点，情况十分危急。于是，我拼命地寻找新的采访目标。

就在这个时候，一位好心的同事问我："你看这个人怎么样？"他给我介绍的人，正是在护理认知障碍症患者领域被称为专家的和田行男先生。

● **与我的高度紧张相反的是……**

和田先生那个时候正在名古屋的护理中心。

他虽然管理着以首都地区为中心的二十多个护理中心，但名古屋的集体之家才刚刚开办一个多月，所以和田先生一直驻守在现场值班。

在我来之前，和田先生只是告诉我："中心刚开办不久，入住的患者们对环境还不适应，所以会有各种各样的麻烦事。"

他说："哎呀，如果你们不介意这种情况，就请你们随意拍摄吧。"听到他这样说，我更加紧张了。

毕竟，这是我人生中第一次和认知障碍症"打交道"。打个比方，就好像去了一个语言不通、情况也不熟悉的国家。

但是，现在绝不能出现"没有节目可播"的状况，我已经没有退路了。

"只有上了！"我做好心理准备，在和田先生的同意之下，开始拍摄……可没想到的是，情况大大出乎我的意料。

现场看到的，尽是些让我们感到扫兴的"稀松平常"的光景。有的患者在打扫卫生，有的患者在洗衣服，有的患者在一起其乐融融地做饭。

就在中心里的患者们忙着这个那个的时候，那些到离中心七百米远的市场采购当晚食材的患者们回来了，她们七嘴八舌地谈论着"今天做什么菜啊""那道菜我可不想吃"等内容，聊得热火朝天。

我惊讶地张大着嘴，看着这一切。

来拍摄之前，我对于认知障碍症的认识，是非常负面和消极的。

我以为患病之后，会忘掉很多的事，甚至会导致迷惘，言语粗暴，产生幻觉。

总而言之，在我以前的认识里，这是一种相当可怕的病。

更坦白一点儿说，我以前甚至认为，患者"搞不清楚自己要做什么，是一个有点危险的人群"。

● "这也是护理中会出现的实际情况"

在现场拍摄了几天后，当然，我也渐渐从多方面开始认识认知障碍症。

患病的这些老人，肯定无法记住我们摄制组的名字，可就连和田先生这样每天都会见面的人，老人们碰到都要问一下：

"初次见面。请问您叫什么名字？"

有一次，我们去护理中心进行拍摄，看到那里停着警车。

据说是一位八十多岁的老奶奶从早上起就失踪了。

在由和田先生统一管理的护理中心里，除了晚上都不锁门，所以患者们基本上可以自由出入。

当然，也因为不锁门，所以采取了一些确保安全的措施，比如，患者出门时会派出工作人员陪同，大门上安装提示有人出入的提示铃，等等。可是，这一天早餐过后，稍稍没人留意，那位患者就出去了。真是被和田先生说中了："中心刚开办不久，会有各种各样的麻烦事。"

我那时心想："这真是让人措手不及啊。"要知道，有可能一位老人会就此丧命。

在这种情况下，还可以继续拍摄吗？我们外景组陷入了苦恼。

可这个时候，和田先生对我们说了这样的话：

"导致发生这样的情况，我不配当一个专家。但是，能请你们把所有的情况都拍下来吗？因为这也是护理中心会出现的实际情况。"

原来和田先生心里早有了思想准备。

● 帮助患者作为一个普通人，"像常人一样活着"

和田先生进入护理行业，是 20 世纪 80 年代的事情。

那时候，人们认为，只要患上认知障碍症，很多行动受到限制是理所当然的，要躺在床上、坐在椅子上、被关在房间或者护理机构里。

对这种状况心存疑虑的和田先生，为了创造出"让患者作为一个普通人，'像常人一样活着'"的护理模式，一直战斗至今。

"我觉得，所谓护理，说到底是引导患者，让他在活下去的过程中，将他自己的力量用在必要的地方。

"我希望，患者们直到生命的最后时刻，都作为一个人而活着。

"人，无论是谁，都要依靠自己的力量活下去，而无法继续自如地使用自身的力量，就是认知障碍症，所以，我的工作就是要帮助这些患者，让他们用上这股力量。"

因此，在和田先生的护理中心里，患者们自己能做的事情要自己完成。会拿菜刀切菜、开火做饭、洗衣服、打扫卫生，也会上街买东西、剪头发。

当然，这些事情患者们并不能非常娴熟地完成，也常常伴随着受伤和发生事故的风险。正因为如此，我们这些专业人士需要清楚地把握每位患者的病情和身体状况，同时不断给予他们支持。

这就是和田先生的信念和思想。

● 也会因为"犹豫"和"矛盾"而动摇

前面说到那位失踪的老奶奶，那时候，大家已经一起找了她七个小时。

　　我心里萌生了一个问题，无论如何，都要趁现在、趁这个时候问一下和田先生：

　　"哪怕出现这样的情况，您还是不打算锁门吗？"

　　和田先生当即回答我：

　　"没想过啊。一天二十四小时，一年三百六十五天，都锁门的话，那可不行啊。

　　"虽然说这样做的话，几乎可以说不会再发生这样的事情了，但我没往那个方面想。"

　　我追问他：

　　"在这个问题上，您没有犹豫过吗？"

　　和田先生停顿了一下，告诉我：

　　"会犹豫。我经常动摇。"

　　原来，和田先生也会感到犹豫和矛盾。

　　他说，他一直问自己：我做的事是不是自私自利？是不是强人所难？

　　那种时候，和田先生经常这样告诉自己：

"过去，那些患了认知障碍症的人，总是被周围阻止，不能按照自己的意愿行动。

　　"可是，作为一个人，什么才是最好的？能按照自己的意愿来行动，这多好啊。不能因为一个人的大脑功能损坏了，就把对他而言最好的东西夺走啊。

　　"我还是觉得，要尽我所能把这种做法坚持下去，或者说，要成为这种做法的守护者。"

　　在那位老奶奶失踪后的第十五个小时，警察联系护理中心，说顺利找到她了。据说，老奶奶想去自己以前常去参拜的热田神宫，可是走着走着就迷路了。

● "他们首先是一个普通人，然后才是认知障碍症患者"

　　刚开始拍摄的时候，和田先生曾跟我说：

　　"你知道吗，建一个护理中心，相当不容易啊。"

　　我以为他说的肯定是建设费用的事，没想到不是，而是说，有时候，要得到当地居民和行政部门的理解很困难。

他告诉我们，经常有人提出反对意见，说：

"患了认知障碍症的老人出去逛多危险。"

"让患者做饭，要是引发了火灾，怎么办？"

所以，在修建的过程中，需要向大家认认真真地解释，得到大家的理解。

我当时心想："我也理解当地居民这种担心。"

可和田先生好像看穿了我的心思似的，他接着说："你想呀，小国先生，他们首先是一个普通人，然后才是认知障碍症患者。"

我好像被什么"咣"地敲了一下，受到了强烈的冲击。

因为我根本没有这样想过。

我想，那个时候，和田先生想告诉我，"认知障碍症患者小国先生"和"小国先生患了认知障碍症"，这两者的意思是完全不同的。

坦白说，对于那些在集体之家里生活的老年患者，我以前一直把他们看成是"认知障碍症患者某某某"。

无论看到哪位患者，我都是同样的感觉，一概视为"认知障碍症患者"。

我反思了一下，自己以前会这样想，也许是因为我对"认知障碍症"这个概念的理解还不到位。

● 他就是他，这点不会改变

估计没有人不知道"认知障碍症"这个词。

我当然也一直知道这个词。

可是，这种似乎明白的感觉是很糟糕的。

因为，这样一来，会以为自己好像懂，"认知障碍症大概就是这样的吧"，而自己无法摆脱这种"似乎明白"的印象，就难以对此进行深入理解。

而和田先生却将认知障碍症比作"黏人的小虫"。患者只是身上多了认知障碍症这条黏人的小虫，他还是他，这点不会改变。应该从这种认识出发来理解患者。

听了和田先生这番话后，我又重新环视了一下集体之家，发现大家确实各有各的特点。我很惊讶。

我发现这里既有运动神经发达、精力充沛的人，也有擅长做菜、刀工一流的人。

有会说话、逗大家开心的人，也有很喜欢荤段子和开玩笑的人。

而因为患上了认知障碍症，他们一点一点地脱离了原来的样子。

有的人变得非常健忘，有的人变得很迷惘，也有的人变得言语粗暴。

但是，大家并非总是处于这种状态。

我渐渐地理解了这些情况，也认识到，虽然他们都被称为认知障碍症患者，但并非都是同一种颜色，而是浓淡不同、富有层次的，每个个体完全不同。

"他们首先是一个普通人，然后才是认知障碍症患者。"

和田先生一次又一次，将这个认识传达给当地的居民和行政部门，一点一点地拓宽着合作的渠道。

●"啊，原来就是普通人"

前面我提到，在这个集体之家里，每天有五六个患者结伴去离这里七百米远的市场买东西。

我很喜欢跟着她们去。

蔬果店、买水产品的商店、熟食店、卖厨房用具的店铺一字排开，老奶奶们边看边逛，看着她们的表情，我觉得她们就是到哪儿都能看到的普通家庭主妇。

如果不认识的话，根本不知道谁是认知障碍症患者。

看着她们，我觉得，这种"融入"人群里的感觉真好啊。

当然了，能够做到这样，是因为和田先生他们事先就认真地向市场里的店家们做了解释，也正因为店家们都欣然接受，所以老爷爷、老奶奶们才能继续过着和患病前一样的生活。

我们采访了一下市场里的人，他们说，起初觉得，"这没问题吗？""好麻烦啊！"还有人说，"觉得添麻烦的人要来了"。

可是，在接受和田先生的团队指导帮助的同时，看着老奶奶们像普通人一样买东西的样子，这才感到，"啊，原来就是普通人嘛"。

以前，一直以为认知障碍症患者是"添麻烦的人"，现在终于理解了，他们"就是普通人"。

我觉得这种认识的转变非常有趣，而且，这里有着很重要的启示。

● 我一定要开一家"会上错菜的料理店"

我想到创办"会上错菜的料理店"最直接的原因，是老奶奶将汉堡牛肉饼错上成饺子这件事。

但在此之前，我经常目睹的那些司空见惯的场景，才是这个想法的根源。

那天的配餐本来是汉堡牛肉饼，但在我的面前，那些老爷爷、老奶奶却大口大口地吃着饺子，吃得津津有味的。

　　这个不足一提的普通的场景，对我来说却难以忘怀，在我心里留下了深刻的印象。

　　吃完的时候，我也和他们一样，完全忘记了把汉堡牛肉饼和饺子搞错这件事了。

　　我一定要开一家"会上错菜的料理店"。

　　就在一个月前，我连认知障碍症的"认"字都不认识，可看着眼前这些意犹未尽、舔着筷子的老奶奶，我打定了这个主意。

有失有得
——是时候了

● 谁也无法预料，在前方等着我们的是什么

　　"会上错菜的料理店"这个项目正式启动，是在2016年11月前后。

　　一件意外的事情成为这个项目的契机。

　　2013年4月，我突然出现心跳过速症状。下班回来的路上，突然心悸，呼吸困难，出汗不止，视野变窄，最后眼前漆黑一片。

　　我心想：糟糕！撑着摇摇晃晃的身体，叫了救护车。呼吸出现了暂时的停顿，在ICU住了一晚，身体复原如初。

　　我以前从来没有出现过这种症状，想起来还有点儿害怕。而且，医生的说明让我更加受打击。他说："不

好说什么时候还会出现类似的症状，可能你要考虑退出电视台这个行当了。"

确实，在发病前大约一个月，我一直待在中国的四川省采风。以后也有可能要辗转各地采访或者拍摄。有些地方可能不会有驱车即可到达的医院。

"这次是运气好，但如果像以前一样，还做制作人的话，谁也不能保证以后会发生什么。"这是医生对我说的话。

● 就是现在！是的，现在！

我自己真的喜欢制作电视节目。

能接触到全新的世界、未知的信息，并将这些东西传达给更多的人，我觉得这份工作很有意义，我自认为倾注了相当的心力做到现在。

然而，这次突发事件却让我面临必须要放弃这份工作的状况。

我纠结了很久。

我现在的这个职位挺好，同事也不错，上司也很好。

但是，我总觉得内心惭愧：不能制作电视节目的制作人，还有存在的必要吗？！

一个月之后，我渐渐地开始讨厌这样的自己。

我对自己说，你演这个悲情角色要演到什么时候！能做的事情不知道有多少呢！

我其实内心早有想做的事情。

那就是"充分利用电视台的资源，回馈社会"。

我们在采访的时候，会得到很多信息，人脉也越来越广。但我能用在节目制作上面的资源，真的只是其中的极小一部分。我感觉大约百分之九十九都用不上。

而且，节目播出一次之后，基本上这些资源就不会再被利用。毕竟，一个节目制作人，重复做同一个题材的节目的概率不大。

这样一来，那些被弃之不用的百分之九十九的信息和人脉，重新被利用起来的可能性基本为零。这实在是太可惜了，我做电视节目的时候就时常这样想。

什么时候才可以不这么浪费这些资源呢？什么时候呢？什么时候呢？啊！就是现在了，就现在。

●"不制作电视节目"的制作人诞生了

心情彻底放松的我，开始运作起来。

我利用公司内部的"国内派遣"制度，去一间大型广告代理公司做了九个月的研修。利用广告和公关的手段，向人们宣传商品或者服务的价值所在，这样的工作对我来说，还挺新鲜的。

在电视台的时候，即便自己什么也不用做，制作的电视节目也有播出的频道，也能让很多人看到这个节目。因此，播出电视节目这件事情，在我看来，是理所当然的事情，一点儿也不觉得有什么了不起。

但是，这个世界上几乎所有的商品和服务，如果不做宣传的话，就会不为人知而被淹没，如同"在辽阔的沙漠中立广告牌"一样。

正因为如此，各个企业以及广告代理公司都做好战略，使用各种手段，努力将商品以及服务的相关信息传达给人们，希望能被人们口口相传。这种为了宣传产品而不遗余力的意识，对我这个身处电视台的人来说实在是太欠缺了。

反过来说，如果我有这种宣传意识，可能我们能将更多的信息传达给需要的人。

九个月的研修告一段落，从广告代理公司回来之后，我就开始制作电视节目的宣传网页、智能手机的应用程序等，开始利用与电视节目不同的渠道来传递信息。这样的项目我做了二三十个。

不知不觉间，我在电视台作为一个"不制作电视节目的制作人"而知名，最终拥有了自己专门的团队。

因为心脏方面的疾病，没法儿再制作电视节目，我曾经为此哀叹过，却也因为心脏方面的疾病，我开拓了一条全新的道路，真是不可思议。

在几个项目结束之后的 2016 年的秋天，我突然有
了一个新的想法，那就是"会上错菜的料理店"。

啊！是时候做这些事情了。

为了最好的品质，
我们征集最棒的伙伴！

● 因为"不是工作"，所以进展顺利

在启动一个新项目的时候，需要合作伙伴，这是最正常不过的事情。毕竟"会上错菜的料理店"这个项目，我已经酝酿五年了，对我来说非常重要（其间，也有打定主意想要彻底放弃的时候）。

因此，合作伙伴的征集我想慎重一些。然而，很快我就找到了最棒的合作伙伴。

之所以进展这么顺利，当然有多方面的原因。但是我想，这个项目"不是工作"，这是最大的理由。

话是这样说，当初我并没有意识到这一点。

作为一个电视台的制作人，突然说要"开一家餐厅"，大约是得不到公司的赞同的。既然如此，那就只能不把

它当作"工作"，而把它当成是我自己的私人项目来推进。抱着这样的念头，我开始了筹备工作。

● 合作伙伴需满足的三个条件

"私人项目"的定位，在征集合作伙伴上有着重要的意义。

因为这样我才可以无牵无挂、自由自在地选择合适的合作伙伴。

不会有人对我说："你最好用公司的设计师。"也不会有人对我说："你用那家跟我们有合作的公司，能降低成本。"不用考虑这些问题，真是太好了。

我身无长物，有的只有"会上错菜的料理店"这个理念。

我只要把重点放在如何高质量地实践这个理念就可以，其他都是次要的。因此，我集中精力招募合作伙伴。

我的合作伙伴，必须满足以下三个条件：

1．百分百认同我的理念。

2．能做我做不了的事情。

3．不计较个人得失。

● 一切为了项目的成功

1.百分百认同我的理念

这是个非常重要的条件。

我跟很多的人聊过"会上错菜的料理店"这个理念，大家的反应大致分为两种：一种是"觉得很有意思"，另一种是"考虑欠妥"。

我曾经也做过若干个社会题材的材料，"考虑欠妥"这种意识的影响确实不容忽视。

也就是说，有人会觉得"会上错菜的料理店"这样的项目真正实践起来，会有把认知障碍症患者当猴耍一样给人看，或者有把他们当笑料的嫌疑，因此觉得"考虑欠妥"。

当然，也许我内心也有一点小小的怀疑：这样的策划是否考虑欠妥。

然而，这次无论如何，我不想再受这个词束缚。

"考虑欠妥"只不过是轻飘飘的一句话，说起来容易，但是，如果被它禁锢，思想就无法前进。

如果要改变当下的社会风气，就必须超越"考虑欠妥"的框架，走到它的对立面。

如果有一个人听完我的策划，抿嘴一笑，说：

"这个想法有点儿考虑欠妥，不过很有意思啊。"

我会让他成为我的合作伙伴。

2. 能做我做不了的事情

在我策划"会上错菜的料理店"的时候，我列举了以下我做不了的事情。

《英雄战队》这样的游戏当中，以及《鲁邦三世》这样的动漫当中，我看他们的团队有一个重要的共通之处，那就是队员擅长的领域各不相同。

"我做不了的事情"清单

- 设计
- 海外宣传
- IT（信息技术）
- 资金
- 认知障碍症的相关知识、护理技巧
- 料理、餐厅运营

这样一看我才知道，我能做的也就是列出"我做不了的事情"的清单之类的活儿，其他几乎什么也做不了……

总之，要实现这个策划，上述这些人才是必须的。

而且，我要从以上领域当中，找到各领域超一流的专家。这才是最重要的。

从一开始，我就没有单打独斗的打算。

我做不了的事情，交给这些超一流的专家就好。我认为这是让这个策划得以成功的捷径。

3.不计较个人得失

最后，第三个条件是"不计较个人得失"。判断一个人是否能做到这一点，是很困难的一件事。但如果看走眼，就可能让这个策划失败。

我自身把这个策划从电视台的业务剥离出来，变成了完全是我自己的私人策划，丝毫没有要靠这个策划赚钱的念头。当然，也没有把这个策划当作是我所在电视台的节目而独占的想法。

但是，其他人的想法又如何呢。

可能有人想借机赚一笔，也可能有人想借此宣传自己或公司，什么样的想法都有。当然，有这些想法也不是不可以。然而，最初我们又是因为什么而走到一起呢？立足这个初衷，我希望这个团队的人都是因为单纯地想让"会上错菜的料理店"能够成功实践而走到一起的。

如果团队里出现计较私人利益的人，那么整个团队的步调势必会乱，项目免不了会崩盘。总之，这种公益性质的项目就会面临这种风险。

正因为如此，所以，如果有一个人，虽然他也想赚钱，可是最终他还能说出诸如 "为了这个项目的实施，我还是别想赚钱了"这样的话，像这样纯粹的人，我会让他成为我的合作伙伴。

● 集结！能想到的最好的伙伴

一旦明确了想找的合作伙伴的条件，合适的人选马上就浮现在脑海。

● 设计 & 海外宣传

首先想到的是近山知史先生（TBWA/ 博报堂）。我跟他说了这件事。

近山先生在国际上也拿了不少广告方面的奖项，是业界有名的创意总监。我之所以那么推崇他，是因为他曾经非常热心地跟我说过轮椅促销的事情。

从公司的交易额层面来看，轮椅促销什么的，不是一件什么大事，但是他能那么热情地对别人宣传，我十分欣赏他的这种精神。

另外，近山先生最近在一家快餐店的体验，让我决定这个合作伙伴非他莫属。

据说，那家快餐店雇用了很多年龄较大的人，老人们的待客方式暖心体贴，受到很多人的好评。

近山先生说他非常喜欢那家店，经常光顾，但是有一次，端上来的东西和自己点的不一样。

于是，他不自觉地就说"不对哦"，然后请他们进行更换。这件事情让他至今后悔不已。

单凭这句话，就能看出近山先生的人品。

而且，我也想把"会上错菜的料理店"的理念传递到国外，近山先生所在的 TBWA/ 博报堂拥有很多的外国企业客户，所以近山先生是一个很合适的合作伙伴。

我一跟近山先生说这事，他马上就答应我了。

不仅如此，他马上把他的同事——超优秀的艺术总监——德野佑树先生和小川贵之先生拉进来。很快，一个充满童趣的、害羞地伸着舌头的LOGO就诞生了。

● IT（信息技术）

我邀请的是冈田聪先生。

冈田先生是国内最大的门户网站"雅虎！日本"的总编辑，统管着媒体事业。

这么一个了不起的人物，跟他打交道却完全没有什么压力。

里约残奥会期间，我说起很多观众对残奥会不感兴趣，真是很遗憾，冈田先生马上利用雅虎内部的媒体帮我做了一个关于里约残奥会的公开问卷调查。

总之，冈田先生给人的印象是雷厉风行的实干派。

我觉得他是个非常好的人选，于是把这件事情跟他一说，他马上就答应下来："这个，非常有趣啊。"

我想，要宣传"会上错菜的料理店"这个理念，网络的力量必不可少。

事实上，六月份的试营业之后，首先向外报道的，就是雅虎。这则报道瞬间扩散，引起全世界瞩目。

● 资金

为了解决资金方面的问题，我找到 Readyfor 的米良遥女士。

Readyfor 是日本最大的众筹平台（在网上向非特定个人集资的组织），米良女士是创始人，也就是社长。

她比我小很多，在二十五岁的时候即被推举去参加世界经济论坛（达沃斯论坛），是历年参加该论坛的日本人当中年龄最小的一位，非常有本事。

但是，我想让米良女士成为我的合作伙伴，是听说了她创业的契机之后才决定的。

米良女士在大学时代，结识了参加残奥会的日本滑冰队的选手们，知悉他们因为凑不够购买涂在滑板上的蜡的费用而苦恼，于是，她发起了一个目标为一百万日元的筹资项目。

这就是米良女士创办公司的出发点。当她和我说到这个的时候，她的表情让我非常感动。

靠募捐得来的钱，试营业得以顺利进行。但是可想而知，今后，如果要让"会上错菜的料理店"正式营业，大量资金必不可少。为了筹集资金，我觉得众筹之类的平台最合适不过了。

如果有大企业赞助的话，资金当然不成问题。但是，我觉得通过众筹让更多的人献出他们的点滴爱心，表达他们对这个项目的支持，这种做法更能达到推广的目的。

于是，我想邀请米良女士一起，从试营业这个环节就请她参与进来，请她帮忙确定如何才能利用众筹平台更好地筹集资金。

我把这件事情和她一说，她双眼放光，一口答应下来。

她还马上请出项目策划人夏川优梨女士等人，组建了一个"会上错菜的料理店"资金筹备组，全力支持项目的开展。

● 认知障碍症的相关知识、护理技巧

　　这方面的行家当然是和田行男先生。

　　关于这个理念，和田先生和我反复讨论过。和田先生担任总经理的那家大型护理福利中心，名字为"大起·天使相助"（Angel Help），社长是小林由宪先生。我又和小林先生会面，就"会上错菜的料理店"项目仔细探讨。

　　和田先生笑着说："我们中心的老奶奶（和田先生半带敬意、半带亲密，把患了认知障碍症的人统称为'老奶奶'）有的是，她们可以去你的店里干活。随便用啊。"

　　这是和田先生独有的开玩笑的方式。实际上，在"会上错菜的料理店"开业之际，来现场帮忙的老爷爷、老奶奶都非常给力。

● 料理、餐厅运营

这方面的准备花的时间最多。

餐饮这方面我向来不熟悉。以前做电视节目的时候也没有做过饮食方面的题材，因此，可以说是毫无头绪。四处找门路的时候，有人把力石宽夫先生（托马斯 & 力石公司）介绍给我。

力石先生以帝国饭店、虎屋、皇家控股有限公司[1]等餐饮、酒店、食品行业为中心，为多达几十家公司提供咨询业务以及人才培养服务，被称为"酒店管理界之父"。

所谓酒店管理，也就是客人接待。力石先生一直孜孜不倦地探索待客之道。我告诉他"会上错菜的料理店"的构想，他直呼有趣，马上把"77 会"介绍给我。

---

[1] 分别是日本饭店、和果子、点心业里的佼佼者。

"77会"成立于 2005 年 7 月 7 日，是力石先生召集了二十多个餐饮业内有活力的二十到四十岁之间的青年经营者而成立的多企业学习会。

　　现在，他们也每个月举办一次学习会。

　　力石先生建议我在他们的学习会上做一个演示来介绍我的项目。

　　虽然他非常爽快地对我说："肯定有人感兴趣，愿意协办这个项目。"我还是感觉到很大压力。

　　因为在我以前的人生中，我从来没有过在二十多个社长面前做演示的经历。

　　我想着，如果这个不成功的话，这个项目可能也就搞不成了！

　　我感受到前所未有的压力，以至于做演示前一天的晚上完全没睡着。

　　终于到了要演示的时候了。我被允许讲十五分钟。

　　我慢慢地把我的想法说出来。我的演示刚一结束，马上就举手表态说"愿意协助"的是前文中多次出现的木村周一郎先生〔埃里克·凯瑟面包店（日本）的法定代表人〕。

木村先生问我："'会上错菜的料理店'的场所定在哪里？"我说："还没有眉目呢。"对方马上向我发出邀请："我知道有一个合适的地方，明天早上要不要来看一下？"我很高兴，赶紧答应下来。

在木村先生的介绍下，我们有幸得以把场地定在一家只能容纳十二个人的小小餐厅。地方虽然小，但环境超棒。

就这样，"会上错菜的料理店"这个项目，在短短两个月内就聚集了我所能想到的各领域的顶尖人才。

我们重视的"两条原则"

● 松懈就会让步

在"会上错菜的料理店"即将开业之际，实行委员会里最顶级的成员们聚在一起，开始进行开业前的碰头讨论。

因为大家都非常忙，所以大约一个月举行一至两次碰头会，其余的时间通过邮件沟通交流。

在就"会上错菜的料理店"的具体细节进行讨论的过程中，我们统一了两条需要重视的原则。

1. 作为一家餐厅，要追求餐厅的质量（环境优美、菜品可口）。

2. 出错不是我们的目的。所以，不要故意出错。

不管怎么说，既然叫作"会上错菜的料理店"，就要有餐厅该有的样子，这点很重要。

哪怕稍微有一点做"善事"的想法，都有可能产生松懈。

"我们是在做善事，就算多少有些做得不好，也可以原谅。"像这样的想法绝对不行。因为，一松懈下来，就会对标准产生让步。

你想想，客人就算点了餐，也有可能端上他没点的东西。在这种情况下，如果店里的氛围不好，阴郁沉闷，送上来的菜味道又不让人满意，客人不生气才怪。

这一点绝对要避免。

于是，我们的第一项任务，就是制作"会上错菜的料理店"的LOGO。

第一次看到这个LOGO，我就激动了起来。

"上错了菜，对不起哦"，说着吐了吐舌头。这个"害羞地伸着舌头"的表情，配上把"错"字横着写的餐厅名称，实在是太可爱了！

所有的人一下子都被它吸引住了。

当时我就觉得，这个 LOGO 里浓缩了这间餐厅的理念。我确信，围绕这个 LOGO 来营造这家店的氛围，绝对可以达到很棒的效果。

而且，我们采用白色作为餐厅的底色，巧妙地在各个地方用上可爱的 LOGO，来进行餐厅内部和外部的装饰设计。总之，自始至终营造出一种温馨的氛围，哪怕给客人上错了菜，也能让客人原谅我们。

接下来是设计可口的菜式。

因为实行委员会有幸请到餐饮业专家木村先生加入，所以看问题的角度一下子开阔了。

木村先生说，在考虑菜的口味之前，设定好菜的价格更重要。

给客人上错了菜还好，最让客人在意的，不是菜的味道，而是价格。

客人点了八百日元的菜，却送上来一千二百日元的菜，这样就不得不多付四百日元，不管顾客对这家餐厅的理念多么有共鸣，菜多么好吃，这点都接受不了。

因此，价格绝对要统一，最后一律定为一千日元。

而且，客人在看到菜的那一瞬间，会估算菜的价格。他们一下子就能判断出，这道菜是不是超值的，所以我们必须提供让他们感到超出期望值的菜品。

也因为木村先生的呼吁，我们得到了"77会"全体成员的帮助，还有吉野家控股公司的河村泰贵社长、在东京新桥一带经营着有名的中国菜馆——新桥亭的吴祥庆社长也加入了我们的队伍。

而且，他们为我们设计了独特的菜单，让客人感到无论哪道菜都好吃得不得了，远远超出自己对一千日元价格的菜品原有的期待。

甚至，木村先生还替我们考虑到了过敏和卫生方面的问题，给予了很细致的建议，从而保证这间餐厅在菜品方面做到放心、安全，拥有绝对可靠的质量。

● 哪怕会被人批评"不够严肃认真"

读到这里，也许有读者会突然心生疑问："'会上错菜的料理店'是一个什么项目来着？"

因为说了这么多，连认知障碍症的"认"字都没有出现。

不过，我倒觉得有一点更为重要。

用《伊索寓言》中《北风和太阳》^[1]的故事来打个比方，我觉得太阳的方法非常有效。

当然，像北风那般不断地提醒"这个问题很严重"，这也是很重要的。

但是，怎么样才能打造出一个让大家"想去"的餐厅，怎么样才能营造出一个让客人满怀期待的空间呢？

---

〔1〕北风和太阳为了谁更强大而争论不休。他们决定，谁有办法使行人先脱下衣服，谁就赢了。猛烈的北风吹得行人瑟瑟发抖，把身上的衣服裹得更紧了。而温暖的太阳晒得行人汗流浃背，脱下了衣服。这个故事说明劝说比强迫更有效，用温和的方式更容易达到目的。

那就要自始至终地追求太阳那样的娱乐精神。

这样一来，那些大家平时没想过要关注的问题，自然而然会受到关注，不是吗？

当然，这种态度也许会受到很多人批评，认为不够严肃认真。

但是，不仅是我，实行委员会所有的成员都打定了主意：哪怕被批评也要坚持到底，这家餐厅有这样做的意义。

● "出错"是一件痛苦的事

然而，越追求这种娱乐精神，就会越受折磨，那是因为，实行委员会还有另一条重要原则：

出错不是我们的目的。所以，不要故意出错。

这一点直到最后，都让我们伤透脑筋。

虽然大家高谈阔论发表意见，但实行委员会内部怎么都无法形成一个"就是它了！"的共识。

因为既然叫作"会上错菜的料理店"，那么客人的期望很可能会集中到"上错菜"这件事情上面来。不对，倒不如说很多客人正是冲着这个而来的……

客人们满怀期望地来到店里，在这里接触到认知障碍症患者，由此了解到认知障碍症。

可这只是我们的一厢情愿，是我们理想中的故事。

实际上，很多客人是作为一种消遣，"享受一下上错菜的感觉"来到店里，可是当菜像平时那样端上来，没有被弄错的时候，就会很失望，难道不是吗？

若是这样的话，岂不最好先不动声色地设计一些"出错的可能"？

不过最终，在试营业前两周的最后一次全体会议上，大家达成了共识："毕竟，故意做一些安排，让认知障碍症患者们出错的做法，是本末倒置啊。"

参加碰头会的，还有患了早老性认知障碍症的三川泰子女士。

其实，为了避免会议氛围太轻松活泼，让大家有一种"认知障碍症患者在场"的紧张感，和田先生邀请了三川夫妇，以及某早老性认知障碍症患者亲属协会的成员参加。

只是，泰子女士在这期间，从来没有发过言。

最后一次会上，我向泰子女士的丈夫一夫先生提出了我无论如何都想问的问题：

"关于'会上错菜的料理店'，您有什么想法？"

因为，我们在当事人泰子女士和她的家人一夫先生的面前，一直讨论"要不要做一些安排，让患者出错"，对此总觉得很内疚，于是我忍不住问了这个问题。

一夫先生显得很为难的样子，他这样回答我：

"'也许会出错，但请你们原谅'，这个理念我觉得非常好。但是，对妻子而言，出错这件事，非常痛苦。"

一夫先生这句话，深深地扎进了我的心里。

啊，我怎么这么愚蠢呢。泰子女士在我们面前总是有些腼腆，但她是带着怎样的心情听着我们谈论啊。

"出错，是一件痛苦的事"——这不是理所当然的吗？

● "在这种情况下还是出错的话，请原谅"

一夫先生这句话，决定了"会上错菜的料理店"的方向。

我们还是决定：绝对不能故意让患者出错。

全体成员就如下安排达成了一致：

要采取最好的应对措施，防止患者出错，但在这种情况下还是出错的话，请原谅（害羞地伸着舌头）。

我那时有种感觉："追求质量""不要故意让患者出错"——因为有了这两点有力的支撑，所以，在方向上，"会上错菜的料理店"是朝着正确的方向前进了。

衷心地希望：
这种豁达的心境，能传递给全日本

● "哎呀，也行吧"，我们需要这种宽容

"会上错菜的料理店"试营业了两天，不断地带给我们惊喜和发现。

首先，最大的发现，当属出现了不计其数的错误（笑）。

可耐人寻味的是，没有一个人生气或者焦躁。

我也出于好奇，站在客人的立场，体验了一下"会上错菜的料理店"。于是，我明白了大家不生气、不烦躁的原因。

进入餐厅，当患者帮我点了餐后，我有点忐忑不安："会不会上错呀……"

可是下一秒开始，直到菜送上来之前，我又充满了期待："会端来什么呢……"

这满心的期待简直抑制不住。我点了比萨，可送上来的菜没有被弄错，就是比萨。我有点失望（笑）。

接着，我点了可乐作为餐后饮品。

然后，我旁边那个和我坐同一排的客人，他点的咖啡被送到了我的面前。我心里"啊"了一声。

显然，眼前这杯东西没有嗞嗞地冒出二氧化碳。这是搞错了啊。怎么办？

我应该告诉这位老奶奶？还是保持沉默？

唔……就在我犹豫的期间，这位老奶奶一脸若无其事的样子，走开了。

于是，我又想："哎呀，也行吧。"

接着，我对旁边的客人说："这杯冰咖啡是你的吧？"对方说："是的，是的。那这杯可乐是你的咯。"然后我们交换了一下，就解决了。

仅仅费了这点工夫，错误变得不再是错误了。

这本来是我自己策划的项目，可是没想到是这样的体验，我感到很新鲜。

我觉得，经过这次体验，自己对于世界的看法，好像完全改变了。

这种感觉，并非我作为项目策划人的沾沾自喜。看客人们反馈的问卷也能发现，相当多的客人和我有着同样的感受。

■ 给我上了两次沙拉，但没有上汤。不过我想，哎呀，也行吧。没什么大不了的。这样也可以。

■ 在一般的餐厅里，我可能会生气，不过在这里我可以笑着接受。

■ 这里的氛围，让人觉得即使出错也没关系。

这就是客人们酿造出来的"宽容"的氛围。

这种宽容，恰恰是"会上错菜的料理店"追求的目标之一。

● 接受出错，一起享受出错

当然，这间餐厅不可能解决认知障碍症的各种问题。

但是，我们接受出错，一起享受出错。

若是这个社会能保有这一点一滴累积起来的些许"宽容"，一定能产生出前所未有的全新的价值观。不是吗？

说起来，大部分的错误其实都没什么大不了，沟通一下就能解决。

话虽如此，可是人们身上这个宽容的开关——"哎呀，也行吧"，并没有那么容易开启。

为了让来店的客人心生宽容，我们做了一些必要的准备。

比如，"会上错菜的料理店"这个店名，让人对餐厅的理念一目了然的LOGO——"害羞地伸着舌头"的表情，这些自不必说了；还有统一菜品的售价，无须担心食物过敏，任何一道菜都做得很诱人，等等，这些准备也很重要。

当人心里存在额外的焦虑的时候，即使让他宽容，他也做不到。

还有，三川夫妇的演奏受到很多客人的好评，这也成了一个重要的环节。

● 60 分钟能完成的事，花 90 分钟来做

在"会上错菜的料理店"里，我们尽可能避免追求效率。

但是，在经营的过程中，我发现，在维持餐厅运作的基础上，要做到这点是最难的。

怎么说呢，一旦我们不注意，就会马上朝着追求效率的方向前进了。

替我们管理餐厅内部事务的木村先生，是餐饮行业的专家。

所以，他马上就能判断，作为一家像样的餐厅，怎

么做才能运作下去。

　　木村先生的指示非常恰当，正因为如此，有几次，在大堂里负责点餐的患者们眼看着要放弃自己的判断和思考，改为遵照木村先生发出的明确指令行事了。

　　这毕竟不是理想的状态。

　　因为这样一来，我们就不是"会上错菜的料理店"，很可能变成一家"只是聘请了很多老年人来工作的餐厅"。

　　而另一方面，像和田先生这些从事公益事业的专家，希望患者们哪怕在病情发作的情况下，也仍然按照自己的意愿，更加自主地行动。这当然非常有趣，但这样一来，往往会变得失去秩序，没有餐厅的样子。

　　因为那些从事后援工作的员工，几乎都没有在餐厅工作的经验（就算有，也不过是兼职而已），而且不管怎么说，这些老爷爷、老奶奶都处于认知障碍症的状态。

　　放任不管的话，连我们不能让步的原则——"追求餐厅的质量"，也很可能要违背。

大家的对抗情绪很严重。

因为双方都是专家，有的地方绝对不会让步。

我虽然不是这两个领域的专家，但在他们发生冲突之前，我苦恼着想点儿什么办法解决。

于是，第二天早上，在餐厅营业之前的晨会上，我向大家表达了下面的想法。

"餐厅的质量我们一定要坚守。但是，需要60分钟完成的事，不要想着用45分钟解决。需要60分钟的事，做好用90分钟的打算去完成它。"

"会上错菜的料理店"里云集了各行各业的优秀专家，正因为如此，我才能做出这个决定。

结果，在店里点餐的过程中，有的患者在客人面前透露自己的种种往事；有的患者看到客人推着童车来，会逗一逗客人的小孩。

每接待一组客人，果然要用70—90分钟，所以让很多客人在外面等了很久。

若在一般的餐厅，往往会被认为这是缺乏效率、不合常理的行为，最好马上停止。

尽管如此，我还是想努力请大家尽力克制，不要给在大堂里工作的患者们下达指令，不要想帮他们做出预判应对问题，至少尽可能保证在店里的时候，不要那么匆匆忙忙，让大家多进行一些既无用又没效率的交流。

这是一段从容悠闲的时光，这是一个令人放松舒畅的特别的空间。

只有经过了这样的过程，大家身上的"哎呀，也行吧"开关才能开启。

（不过，让客人等了太久这件事，我深刻反省……）

● 变"成本"为"价值"

通过这一系列各种各样的工作，我们似乎成功地引导出了客人的"宽容"之心。

但是，好像大家的"宽容"情绪被过度引发，在读客人反馈的问卷时，不断地看到连我作为策划人都意料不到、忍不住笑出声的评论。比如下面这些感想：

■ 发现自己弄错的时候，老奶奶害羞地伸着舌头的表情好可爱，真好看。
■ 总觉得他们出错的样子很可爱，于是便原谅了。
■ 老奶奶们上错菜时害羞地伸着舌头的表情，各式各样的，好可爱。

等一等！我已经预料到你们不会生气，不会焦躁，可是"觉得可爱"，这是怎么回事？
甚至，问卷中还有这样的感想：

■ 我的菜上错了，好开心！
■ 上错菜的时候，我倒觉得是帮了我的大忙，因为无论哪道菜看起来都很诱人，我刚才一直在犹豫（笑）。

■ 我觉得可以再多出点儿错。

事情发展到这个地步，让我的脑子相当混乱。

你们想想，"我的菜上错了，好开心"，这句话用日语理解起来非常奇怪。

"上错菜"这句话的后面，通常会接着说"很生气"。

出错是件不好的事，为了不出差错不断努力才是正常的……对吧？"我的菜上错了，好开心"，这究竟要怎么理解？

嗯……眼前这些问卷让我好伤脑筋，可是突然间我明白了一件事。

试营业这两天我所看到的，正是"'成本'转变成'价值'"的瞬间。

● **在这里，患者们可以光明正大、充满自信地工作**

过去，社会上把出错这种行为，或是认知障碍症这种状态，视为需要支出的"成本"。

但是，由于"会上错菜的料理店"的出现，出错这个"成本"咕噜一下发生了逆转，变成了巨大的"价值"。

实际上，我们在"会上错菜的料理店"里，几乎看不到怜悯、同情、可怜等消极的感情。

当然，正因为只有短短一个多小时，所以能抱着宽容的心态愉快地度过，这是原因之一。如果身边的亲属中有人患上认知障碍症的话，恐怕"没这么容易宽容"。

不过，即使只有短暂的时光，在"会上错菜的料理店"里，客人们凝视患者的时候，目光也会闪闪发亮，让我们都感到不可思议。

为什么，大家的目光如此闪亮呢？

答案很简单。

因为患者们都光明正大、充满自信地工作着。

● 没关系，没关系，不顺利也没关系

客观说来，"会上错菜的料理店"运营得非常顺利。

无论哪项准备工作都如预期一样发挥了作用，在这里工作的认知障碍症患者，以及来店的客人，都接受了出错这件事，一起享受了出错带来的快乐。

真是美好的两天，好像做梦一样。

可是，回想起来，我真的非常非常讨厌等待试营业来临的那段时间。

2017 年 6 月 3 日。天气晴朗。

夏天好像提前来临了似的，晴空万里，令人心情舒畅。

可这时候的我，正坐在去往餐厅的电车里，几乎要被不安的情绪压得透不过气来。

坦白说，前一天晚上，我根本没睡着。甚至紧张到想吐。

我还是很害怕。

客人们一脸困惑，老爷爷、老奶奶们慌慌张张走来走去，艰难地完成点餐。

我的脑海中，来回闪现着这些令人不安的画面。

啊，我当初为什么要策划这样的方案。

离餐厅越近，我心里的不安就越强烈。

"怎么办，我真的不想去了！"当我的心里冒出这个想法时，忽然想起2012年看到的那个令我"难以忘怀的场面"。

那天，在和田先生统一负责的护理中心里，虽然汉堡牛肉饼和饺子被弄反了，但老爷爷、老奶奶们还是其乐融融地做饭、津津有味地吃着。

没关系，没关系。

总是会出状况的，所以没关系。

虽然这种感觉很奇怪，但想到这点，我忽然轻松了。

然后，我的眼前展开了一个广阔的世界，就和那时看到的"难以忘怀的场面"一样，甚至比那时还要精彩。

我们在餐厅里，挂了一块牌子，上面写着这样一段话：

"什么，上错菜？真是家奇怪的餐厅。"
您一定会这样想吧。

在大堂工作的员工，
全都是认知障碍症患者。
他们有时候可能会上错菜，请您谅解。

不过，我们这里有特别好吃的东西，
无论哪道菜都只有在这里才能吃到。

"这道菜看上去也很诱人，虽然弄错了，哎呀，也行吧。"
如果能听到您这句话，那真是太好了。

我们衷心地希望，这份豁达的心境，
能传递给全日本。

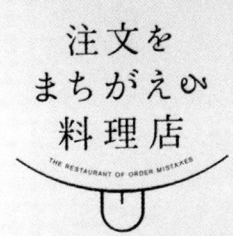

注文を
まちがえる
料理店

THE RESTAURANT OF ORDER MISTAKES

「注文をまちがえるなんて、変なレストランだな」
きっとあなたはそう思うでしょう。

私たちのホールで働く従業員は、
みんな認知症の方々です。
ときどき注文をまちがえるかもしれないことを、
どうかご承知ください。

その代わり、
どのメニューもここでしか味わえない、
特別においしいものだけをそろえました。

「こっちもおいしそうだし、ま、いいか」
そんなあなたの一言が聞けたら。
そしてそのお穏やかな気分が、
日本中に広がることを心から願っています。

＊アレルギーについて心配のある方はご相談ください

店内悬挂的牌子

想要向大家传达的信息？
——没有

● 优秀的原创作品与电影的关系

"会上错菜的料理店"两天的试营业结束之后，我感受到一种愉悦的疲惫，沉浸在项目完成后的满足感当中。然而，这种感觉也不过是刹那的事情。

如同我在本书序言中所言，第二天，国内外的电视台、报纸、杂志等媒体要求采访的邮件接踵而至。

这个项目反响很大，收到这么多要求采访的邮件，但是我们没办法全部答应，为此我觉得非常抱歉。

这种抱歉的心情也成了我执笔此书的动机之一。同时，我也通过用自己的语言来写书这种手段，重新审视"会上错菜的料理店"这个项目。

在和田先生的"集体之家"所见到的一幕让我赞叹

不已，所以，我只不过是做了一些安排，将这一幕再现出来而已。

我坚持认为，优秀的是原创作品。

打个比方来说，就好比优秀的原创作品与电影的关系。

我在和田先生的护理中心，偶遇"汉堡牛肉饼与饺子的故事"，然后我将它制作成为"会上错菜的料理店"这样的"主题小品"。我就是这种感觉。

● 自行体会，自由感受

因此，说句不怕被大家误解的话，在实施这个项目的时候，我的内心一直像个孩子一样，激动难耐。

非常开心，恐怕比谁都更乐在其中。

在接受媒体访问的时候，总会被问到一个问题："通过这个策划，最想给大家传达什么样的信息呢？"其实并没有。

虽然我绞尽脑汁地想挤出一个答案，然而，还是没有。

我想，每个接触到"会上错菜的料理店"理念的人，各自都有不同的背景。大家立足于自己的背景，自行体会就好。

我前面提到的关于电影的比喻，虽然我自己觉得这个比喻妙不可言，但是我自己看电影的时候，那种能明显看出创作人痕迹的作品，我并不是很喜欢。

应该大部分的人都是和我一样的感受吧。

所以我想，通过这本书，大家能自行体会、自由感受这家名字奇特的餐厅就好。

Epilogue

后记

"会上错菜的料理店"
的将来

● 许许多多的同伴

2017 年 9 月 16—18 日，在东京六本木，"会上错菜的料理店"再次开业。同样，这次也有很多优秀的同伴、优秀的企业参与到活动中来。

RANDY 不但为我们开发出绝品料理"印度乳酪鸡排"，还为我们提供了极佳的场地。

一风堂开发了用叉子吃的、划时代的"无汤担担面"。

满天星西餐厅为我们提供了松软的蛋包饭。

甜点是虎屋为我们特制的、印着"害羞的舌头"记号的点心。

饮品是与食物和甜点绝配的卡夫公司的咖啡，以及三得利的茶和果汁。

还有，用有机棉为原材料制作的纸巾和擦手巾，由AVANTI 提供；漂亮的竖式钢琴，由日本雅马哈音乐为我们提供。

在大堂工作的认知障碍症患者多达十八人。

其中，有在 6 月份的试营业中就已经为我们工作过的患者。

9 月 21 日是世界认知障碍症日。临近这个时间开业的"会上错菜的料理店"，总共大约有三百位顾客光临，可谓盛况空前。

这三天的时间没有出现大的错误，圆满落幕。我可算是松了一口气。

9 月的开业，我们利用了 Readyfor 这个网络众筹平台募集了资金。我们的目标是用二十四天的时间筹集八百万日元，结果有四百九十三个的个人、企业和团体共捐赠了一千二百九十一万日元。

借此机会，再次向大家表示衷心的感谢。

我们没有找企业赞助，而是使用了众筹平台，效果却非常好。

有很多人通过出资的方式而成为我们这个项目中的一员。因为他们的这个举动，比单纯的集资有着更大的意义。

事实上，甚至有人知道这个项目之后，自发地组织几十人的小团队，一人一千日元，将筹集得来的资金拿来支持我们。

我也听说有高中生从平时省吃俭用的零花钱当中，拿出钱来支持我们。

我一想到还有这么多赞同"会上错菜的料理店"理念的同伴，就不由得信心大增。

这回到来的三百位客人中的九成，是那些在众筹平台上给予我们支持的人。剩下的一成是对外销售的当日券，每天上午十一点开业，开业前的一个小时开始销售，先到先得。

这是发生在开业第二天的早上的事情。

这天，正好台风正面袭击东京，天气非常糟糕。但是从八点起，店门口已经有人开始排队。其中有一个人据说无论如何都想买到当日券，于是提前一天乘晚上的列车从京都赶来。

这件事令我十分吃惊。（三天的当日券，几乎都是

一开始即告售罄）

● 在店里，"司空见惯"的风景越来越多

在这三天的时间里，让我感动的是，出错的次数急剧减少。

试营业的时候，错误概率有 60% 左右，九月份减至 30%。

这其中的原因就是，我们为了减少错误，将之前的做法推倒重来，重新制订了一套新的支持措施。

虽然"会上错菜的料理店"志在变身为"不会上错菜的料理店"，但能达到今天这个状态，我认为就足够了。

我们反复强调过一件重要的事情，即：我们并不把出错当成我们的目的。

没有人是因为想错而错，想忘记而忘记。

所以，只要给予他们适当的支持，即便患上认知障碍症，也可以工作，也可以提供让客人们觉得满意的服务。

如果说"会上错菜的料理店"向我们证明了这一点，那么我认为"会上错菜的料理店"已经跨出了一大步。

　　以前我在和田先生的护理中心见到的习以为常的场景，在"会上错菜的料理店"也随处可见。

　　没有人提醒他们，顾客杯子里的水一见少，良子奶奶便会去给客人续水；地板上有垃圾，史彦大叔很快就会拿扫帚去清理。

　　6 月的试营业结束之后，三川泰子女士每天都练习好几个小时的钢琴，在 9 月份正式营业的第一天的第一次演奏中，完全没有出错，与三川一夫先生一起为我们演奏了好听的音乐。

● "当事人的态度" 能改变社会风气

　　第三天快结束的时候，和田先生在客人们面前致辞，表达谢意。

　　他首先回顾自己进入护理行业的三十年。最后，他动情地说："我做这份工作的时候，完全没想到还能做这样的事情。"说着，眼泪流了下来。他的致辞不仅包含了他这三天以来的感受，也饱含了他入行三十年的感悟。

工作人员当中也有不少人抹起了眼泪。

在餐厅的出口处恭送客人的时候，我站在和田先生的旁边（对每一个客人说"谢谢"，并躬身相送）。在送走最后一个客人之后，和田先生喃喃自语："当事人的态度，是真的能够改变社会风气啊。"

听了和田先生这句话，我什么也没问。

但是我心里觉得，我明白了和田先生所讲的意思。

● "会上错菜的西餐厅"在町田

"会上错菜的料理店"营业结束六天后，我们到了东京的町田市。

在町田市，我们与 NPO 机构一起举办了一个认知障碍症的启蒙活动，我们将与一家有名的连锁西餐厅共同打造"会上错菜的西餐厅"。

6 月份的试营业结束之后，我们和町田市、NPO 机构、连锁西餐厅等商量之后，决定一起实施这个新项目。

在这个项目中，町田市的认知障碍症患者担任大堂工作人员。给予他们大力支持的，是町田市内的护理事业所的职员。

连锁西餐厅也派出了统括町田市内所有分店的总经理。可称得上是町田人为了町田的患者在町田打造的西餐厅。

但是，其中过程却很艰辛。

据护理事业所的职员们所说，在他们接触到的认知障碍症患者及其家属当中，也有人听说这个项目之后，大为光火，认为这个项目是要把认知障碍症患者当成公开笑料，表态绝不参加这类活动。

我们无言以对。

因为是町田的人想在町田实践这个项目，所以无论如何，这个项目的主人公应该是住在町田的人。

我们彻底地扮演了一个协助的角色：提供 LOGO、制作餐牌和点餐单、制作说明本次活动宗旨的小册子、向西餐厅以及护理事业所的职员说明在运营上应该注意的事项以及不能掉以轻心的事项。

差点儿就没开成的"会上错菜的西餐厅"，在町田市的各位参与者一个多月的努力之下，经过反复商量探讨之后，最终有十多个认知障碍症患者参加了本次的项目。

据说，还是"想让更多的人了解认知障碍症"这个大家共同的心愿，让这个项目最终得以实施。

● 缓慢却切实的普及

开业当天。

活动现场排起了长龙。刚开始，那些在大堂工作的认知障碍症患者全部面部表情僵硬。但是在接待客人的过程当中，自然而然也开始笑容满面。

有一位患者家属看见这一幕，号啕大哭："自从爷爷患了认知障碍症以来，我就没见过他这么生动的表情啊！"

所有的食物都比预定的时间早三十分钟售罄，可以称得上是场面火爆。在项目结束之后，在本次活动中才第一次见面的认知障碍症患者们拥抱在一起，一直说着"下次再见啊"。

目睹这一场景的护理事业所的职员们一脸开心地对我们说："对那些在大堂工作的认知障碍症患者来说，像今天的这种'疲惫感'是对他们最好的酬劳。他们体验到这么'愉快的疲惫感'，今晚肯定能睡得特别香。"

虽然很慢很慢，但是，"会上错菜的料理店"的影响确实正在一点一点地扩大。

● 我现在的所思所想

最后，我想说说我对"会上错菜的料理店"未来的思考。

首先，我想在日本或者全世界，总之在某一个地方，一年举办一两次活动。

也有经济领域的人向我提议："如果把这个理念融入经济的框架中去思考的话，可能会产生相当大的影响哦。"这个，不是我能考虑的领域。

我一直在电视台这种传媒行业工作。这个行业从某种意义上来说，与实业相距甚远，我完全不懂所谓的"经济框架"。

就在我写下"经济框架"这个词的时候，对于它到底是个什么玩意儿，我仍是一窍不通。而且写下这个词的我，真切地感觉到自己与这个世界相距如此遥远，远到让我产生讨厌的心理。

所以，术业有专攻，做点心就得按照点心铺的意见去做。

因此，现阶段，这个项目，我还是想以活动的形式开展。

但是，也会考虑挑战一下"版本升级"。

● 温暖的日本，而不是酷炫的日本

借这个机会，我想再说说更遥远的以后的事情，相当于自己的梦想吧。

我想在 2020 年建立一个关于"衰老与疾病"的主题公园。

那种孩子们能接触到更多领域的、体验学习型的主题公园很常见。我想建立的公园就类似于这种主题公园，只不过主题变成了"衰老与疾病"。

很多人都知道"认知障碍症"这个词，但是我觉得它也是一个很多人"装作知道"的词。

以为知道，其实不知道。这种词还有很多，不仅仅是"认知障碍症"。

比如"LGBT"[1]这个词。

"自闭症"这个词也是。

我就是想以这种大家"假装知道"的词为主题，建立一个寓教于乐的主题公园。

2021年，东京将既举行奥运会，也举行残奥会。如果在奥运村旁边开设这样的主题公园，应该相当有趣。

或者夹杂在各个竞技场馆之间，选手也好，无论什么人都好，无意中进去一看，应该都会眼前一亮、尽兴而归吧。

自从开始做"会上错菜的料理店"这个项目以来，我就经常使用"WARM JAPAN"（温暖的日本）这个词。"COOL JAPAN"（酷炫的日本）当然也很重要，但是我想，将来，大家还是愿意被人认为"日本真是一个温暖的国度啊"，或者"日本真是一个温馨、舒服的

---

〔1〕LGBT是女同性恋者（Lesbians）、男同性恋者（Gays）、双性恋者（Bisexuals）与跨性别者（Transgender）的英文首字母缩略字。

地方啊"吧。

我以前制作电视节目的时候，曾经多次深感遗憾。日本被称为"善于挖掘课题的大国"由来已久，然而，却往往向国外寻求解决之道。

所以形成一个固定模式：事发现场在日本，解释问题之后的欢庆场面却在国外。

对此情景我深感遗憾和痛心，也尝试在国内找到解决办法，然而，自己采访能力有限，至今仍没有找到。

其中，"会上错菜的料理店"这个项目，我觉得，于我个人而言，是第一次在国内找到了日本原创的解决办法。

关于"衰老与疾病"主题公园到底能多大程度得以实现，现阶段，我也无法预料，但是，我已经开始行动了。

● 感谢的话

我的长篇大论即将接近尾声。

在这里，我想对一起努力走到今天的"会上错菜的料理店"实行委员会的各位成员说几句。

以下，容我省略敬称地称呼各位：大起·天使相助（Angle Help）的和田行男、小林由宪、福井幸成、稻见邦子、广濑明子、埃里克·凯瑟面包店（日本）的董事长木村周一郎、TBWA/博报堂的近山知史、德野佑树、小川贵之、平久江勤、滨田悠、榎木悠太、大柿铃子、D–Cord 的森岛夕贵、"雅虎！日本"的冈田聪、箕轮宪良、Readyfor 的米良遥、夏川优梨、大久保彩乃、林美轮、NPO 机构麦奇东京（maggie's tokyo）的理事长兼电视台记者及节目主持人的铃木美聪、NPO 机构认知障碍症互助俱乐部理事德田雄人、TOW 的斋藤拓、立教大学的楢本彩惠、我的同事增泽尚翠（上述工作单位的统计为截至 2017 年 6 月的数据）。

毋庸置疑，单凭我单打独斗，什么也做不成。因为和这些优秀的人一起，才做成这个项目。我想"会上错菜的料理店"真是一个超级幸福的项目啊。

当然，还有吉野家控股公司的河村泰贵先生、新桥亭的吴祥庆先生、力源控股公司的清宫俊之先生、优食公司的三宅伸幸先生、卡夫公司的楠本修二郎先生、"77 会"的诸位、托马斯 & 力石公司的力石宽夫先生、Towashita 公司的佐藤拓也先生、虎屋的黑川光博先生、三得利的冲中直人先生、AVANTI 公司的渡边智惠子女士、日本雅马哈音乐的佐木雅树先生、塚原环先生。

如果没有诸位的帮助……真是一件不敢想象的事情。就是因为得到大家的协助，"会上错菜的料理店"才能够给顾客提供最好的料理、最舒适的环境。

还有医疗行业的新闻记者市川卫先生、NPO 机构 Soar 的法定代表人工藤瑞穗女士。有赖二位的发布，"会上错菜的料理店"能够为世人所知，非常感谢。

最后要感谢的，是在"会上错菜的料理店"里干活的各位认知障碍症患者。

在餐厅里，大家一起欢笑多少次？又流下多少泪水？

可能里面已经有人不记得我了，但是，我绝不会忘记大家。

这是我人生中写的第一本书。

在此，我要深深感谢支持我、为我做策划编辑、陪着我（有时候陪我毫无目的地乱走、暴走）的雅飒出版社的小川彩子女士。

在仅两天的试营业的收尾阶段，小川女士通过我的朋友——川下和彦先生，把这本书的策划拿到我跟前的时候，我是意外的。但是最终得以出版这本书，我是开心的。

同时，还要向该社社长佐藤和夫先生致以谢意。佐藤社长鼓励和坚持这本书的出版，并且在各个重要的地方给予我中肯且切实的意见。

还有以温暖的笔触给这本书画插图，让这本书充满人情味的须山奈津希女士，以及协助编写本书第 I 部的玉置见帆先生。

拜他们所赐，这本书既可爱又有趣。

再次感谢大家。

● 让"害羞的舌头"被更多的人知道吧！

关于"会上错菜的料理店"，就此告一段落。

关于以前的事、以后的事，还有很多的事，我站在我的角度说了很多，带有很多我的个人色彩。

尤其是关于以后的事情。以后会怎样，我其实心里一点底也没有。

就好比一年前的今天，我完全想象不到我会出一本这样的书，所以，我也无法想象明年的这个时候，这个项目会变成怎样。

因此，如果今后您发现事情的发展完全超出了这本书所预料的，也请您睁一只眼闭一只眼吧。

因为，"会上错菜的料理店"最重要的就是：以宽容的心待人接物。

就这样，关于"会上错菜的料理店"，第一幕就此落幕。

希望"害羞的舌头"能被更多的人所知。

小国士朗